LES QUATRE
SAISONS
DE L'ÉTÉ

Grégoire Delacourt

LES QUATRE SAISONS DE L'ÉTÉ
DE L'ÉTÉ

Roman

JC Lattès

Couverture : Bleu T
Illustration : © Andy Bridge
ISBN : 978-2-7096-4933-9

© 2015, éditions Jean-Claude Lattès.
Première édition mai 2015

Pour Dana, Dana, Dana et Dana.

« Et nous, nous étions pareils aux lanternes des fêtes de nuit : la peine et la joie de plusieurs amours nous consumaient. »

Valery Larbaud, *Enfantines.*

PIMPRENELLE

Cet été-là, Cabrel chantait *Hors Saison* et tout le monde chantait Cabrel.

Cet été-là avait rapidement été là. Dès le dernier week-end de mai en fait, lorsque la température était montée d'un coup, jusqu'à vingt degrés. On avait alors entendu les premiers rires dans les jardins clos, les toux sèches à cause des premières fumées grasses des barbecues, et les cris des femmes surprises au soleil, à demi nues. On aurait dit des piaillements d'oiseaux. On aurait dit que tout le village était une volière.

Et puis les hommes avaient commencé à se retrouver le soir, dans la fraîcheur, à boire les premiers rosés, bien glacés, pour tromper l'alcool, endormir les maléfices, et pouvoir en boire davantage. Et l'été avait vraiment commencé.

Cet été-là, il y avait Victoire. Et il y avait moi.

Victoire avait les cheveux dorés, les yeux d'émeraude, comme deux petits cabochons, et une bouche aussi pulpeuse qu'un fruit mûr. Ma plus belle victoire, disait son père en riant, ravi de son bon mot.

Elle n'était pas encore la mienne, mais je m'en approchais. Doucement.

Victoire avait treize ans. J'en avais quinze.

Je possédais une petite allure d'adulte, disait ma mère, qui, selon elle, rappelait celle de mon père à qui l'avait connu. Ma voix était presque grave, éraillée parfois, comme celle de certains hommes aux aubes. Un poil sombre ourlait ma lèvre. Le résultat n'était pas très beau me semblait-il alors, mais les émeraudes de Victoire avaient le don de voir au-delà des choses.

J'étais son ami. Je rêvais d'être bien davantage.

*

Ma mère avait perdu son travail au début de cette année-là. Quand il s'était mis à faire très froid.

Pimprenelle

Elle avait été vendeuse à Modes de Paris à Lille, rue Esquermoise. Son charme et sa délicatesse y avaient pourtant fait des merveilles et son goût si sûr, embelli et allégé tant de silhouettes empâtées. Mais rien n'avait empêché la boue de l'injustice.

Après des semaines de larmes et de Martini, elle avait décidé de reprendre sa vie en main. Elle s'était inscrite à un cours de comptabilité. Faute d'avoir de l'argent, disait-elle, je pourrais au moins compter celui des autres. J'aimais son ironie de survivante. Elle s'était coupé les cheveux et acheté une robe de printemps, rose pâle, qui soulignait avec insolence sa taille fine et son honnête poitrine.

Après la mort de mon père – une crise cardiaque au volant de sa voiture rouge qui le tua sur le coup, mais fit aussi trois autres victimes –, ma mère n'avait pas eu le cœur d'ouvrir le sien à un autre.

Rien ne le remplacera, ni personne, se lamentait-elle, je suis la femme d'un seul amour, j'ai fait une promesse.

Elle croyait, comme j'avais alors envie d'y croire moi-même, que l'amour était unique.

J'avais trois ans. Je ne me souvenais pas de mon père. Cette absence d'images, d'odeurs, de bras forts et de baisers qui piquent, faisait pleurer ma mère. Elle s'appliquait néanmoins à le faire exister. Elle me montrait les photos de leurs débuts : dans un jardin, sur la plage d'Étretat, floues dans un wagon de seconde classe, à la terrasse d'un restaurant, une fontaine à Rome, une jolie place derrière le palais Mattei di Giove, un lit immense, tout blanc, un matin sans doute, il regarde l'objectif, elle doit prendre la photo, il sourit, il est beau – Gérard Philipe dans *Le Diable au corps* –, fatigué, heureux, rien ne peut lui arriver. Je n'existe pas encore. Il n'y a que les premières images d'un grand film d'amour.

Elle me racontait ses mains. La douceur de sa peau. La chaleur de son souffle. Elle me racontait la façon dont il me prenait dans ses bras, avec maladresse. La façon dont il me berçait. Elle murmurait les chansons qu'il chantait à mon oreille de nouveau-né. Elle pleurait l'absent. Le silence. Elle pleurait ses peurs, et ses pleurs l'épouvantaient. En regardant les trop rares photographies, elle imaginait ses rides aujourd'hui. Là, tu vois, il aurait des yeux comme des petits soleils. Et sa ride du lion, ici, elle se serait creusée davantage.

Il aurait quelques cheveux blancs aussi, là, et là, et il serait encore plus beau.

Et elle se levait, et courait jusqu'à sa chambre.

En grandissant, j'avais rêvé d'un frère, à la rigueur d'une sœur, pourquoi pas d'un gros chien confortable, mais ma mère était restée fidèle à son grand amour perdu. Et même le charme envoûtant – *hollywoodien,* disait-on dans le village – du jeune pharmacien à qui elle plaisait, même les parfums, les chocolats, les promesses et les bouquets ne l'avaient fait changer d'avis.

Cet été-là, ma mère a appris le chapitre des charges et pertes par nature. La liste des tableaux et figures. Les emballages perdus.

Cet été-là, elle avait fait de moi son répétiteur. Son professeur. Elle m'appelait son petit homme. Elle trouvait que je ressemblais de plus en plus à mon père. Elle était fière. Elle m'aimait. Elle me souriait tandis que je coupais ma langue à force de lécher les enveloppes dans lesquelles elle avait glissé ses CV, ses petites bouteilles à la mer. Elle prenait ma main. Elle l'embrassait.

— Je suis désolée pour cet été, je te demande pardon, Louis.

Cet été-là, nous ne sommes pas partis en vacances.

Nous habitions Sainghin-en-Mélantois.

Un village qui ne ressemblait à rien et qu'on confondait avec tous les autres. Une église Saint-Nicolas du XVIe siècle. Un PMU Le Croisé. Un 8 à Huit. Une boulangerie Dhaussy. Un fleuriste Rouge Pivoine. Un café du Centre. Un autre café. Un autre encore, où étaient arrimés ceux qui ne voguaient plus. On disait qu'ils buvaient des poisons qui les faisaient tituber et parler de bateaux et de tempêtes et de choses qu'ils n'avaient pas connues, mais dont ils se souvenaient. Des fantômes. Des lieux où ils étaient partis sans jamais bouger d'ici, pour une guerre ou pour une fille. L'un d'eux m'avait alpagué un soir, alors que je rentrais de l'école. Une Tonkinoise, mon p'tit gars, avait-il hurlé, un corps de déesse, une salope magnifique, ah, une sauvageonne aux yeux de nuit. Tu connaîtras ça un jour, bonhomme, cet immense feu, tout ton corps qui flambe.

Il ne se trompait pas.

Les femmes de leurs rêves nageaient au fond de leurs verres. On racontait que leurs visages dessinaient les cartes et la souffrance de ces pays où ils n'étaient jamais allés.

Sainghin-en-Mélantois. Très vite après les bistrots, s'étalant jusqu'aux lisières des grands champs de betteraves et de céréales, se dévoilaient les maisons de brique, les jardins mitoyens comme un patchwork hasardeux, ainsi que les chemins de terre qui filaient jusqu'au bois de la Noyelle où, aux premiers beaux jours, les gamins « faisaient les hommes » devant les filles, avec leurs carabines, en visant les passereaux et les chardonnerets qui, grâce à Dieu, volaient plus vite que leurs plombs.

Un village où tout le monde connaissait tout le monde mais où beaucoup de choses étaient tues, les vérités comme les mensonges. Un village où il se murmurait que la douleur des uns rassurait la médiocrité des autres. Où l'absence d'avenir donnait des idées tristes, faisait jaillir des colères, et disparaître des gens, la nuit.

Les parents de Victoire y possédaient une grande maison de brique orange, en retrait de la route qui mène à Anstaing. Son père était banquier, au Crédit du Nord, 8 place Rihour à Lille. Il est pas drôle du tout, disait Victoire, il est toujours habillé comme un vieux et quand il sourit on dirait une grimace. Sa mère était « femme au foyer ». Un être fragile que son propre sang avait failli empoisonner. C'était d'elle dont Victoire avait hérité cette peau de porcelaine ; d'elle, les manières délicates, les gestes précis, comme s'ils devaient être les derniers ; d'elle, ce sentiment absolu, dangereux – je le comprendrais plus tard –, de l'amour, mais surtout du désir. Elle écrivait des poésies que son banquier de mari faisait publier à compte d'auteur ; des petits opuscules dont elle donnait lecture un après-midi par mois, dans le salon de leur grande maison. La rumeur prétendait que les mots rimeurs étaient accompagnés de thé et de gâteaux de chez Meert dont se régalait son auditoire. Plutôt que le déconcertant lyrisme de la poétesse, les pâtisseries tenaient davantage de la vraie poésie : celle qui faisait chanter « vanille » et « chenille », comme dans *Glace au spéculoos de Flandres à la vanille/Dragées de chocolat noir en chenille.*

Victoire avait une grande sœur. Pauline. Une beauté de dix-sept ans mâtinée de quelque chose de sombre et troublant qui m'effrayait et me fascinait à la fois. Quelque chose qui touchait à la chair. À ses vertiges. Et si, parfois, la nuit, dans mes quinze ans pleins de sève, d'impatiences, d'urgences même, il m'arrivait de rêver, c'est au corps de Pauline que je pensais.

Mais c'est Victoire que j'aimais.

*

Je me souviens de la première fois où je l'ai vue. Il y a plus de treize ans.

C'était à la bibliothèque pour tous, rue du Maréchal-Leclerc. J'étais venu récupérer des bandes dessinées. Elle était déjà là, avec sa mère qui cherchait désespérément un recueil d'Henri Michaux. Décidément, il n'y a rien ici, ce n'est pas une bibliothèque, c'est une blague, s'énervait-elle. Mais qui lit encore de la poésie, madame, de la poésie ! À Sainghin-en-Mélantois ! Mettez-vous plutôt au roman policier, tenez, avec le personnage de ce livre il y en a de la poésie, de la rédemption, des noirceurs, des *infinis turbulents*, des âmes qui se fracassent.

Victoire m'avait regardé, amusée par le ton des adultes, gênée par celui de sa mère. Elle avait juste onze ans. Une blondeur de cinéma, une longueur à la Bardot. Des yeux incroyables – je n'ai su que plus tard qu'ils étaient de l'exacte couleur de l'émeraude. Et une audace imprévisible.

Elle s'était approchée prudemment.

— Tu ne sais pas lire ? C'est pour ça que tu prends des livres avec des images ?

— Victoire !

Elle avait alors haussé les épaules.

— Tu as de la chance, tu n'as même pas à me demander mon prénom.

Elle avait rejoint sa mère. Heureusement.

Parce que, malgré le filet de sueur glacée qui me dégoulinait dans le dos, j'avais eu chaud soudain.

Parce que j'aurais été incapable de prononcer un seul mot.

Parce que mon cœur, comme celui de mon père, venait d'exploser.

Au début de juillet, la moitié du village prit la route du Touquet ou de Saint-Malo et l'autre, de Knokke-le-Zoute ou de La Panne.

Victoire et moi sommes restés à Sainghin. Comme ma mère, qui travaillait sa comptabilité. Comme son père, qui grimaçait en étudiant des demandes de prêts étudiants, sa mère, qui s'efforçait d'extraire de sa plume douloureuse les mots qui devaient un jour toucher le cœur du monde et bouleverser la mélancolie des résignés. Pauline était en Espagne, elle vivait de nuit, de Ponche Caballero et d'inconnus.

Nous avions pour voisins les Delalande. Ils étaient arrivés de Chartres deux ans plus tôt, en

1997. Lui, avait été muté à quelques kilomètres d'ici, à Fretin, chez l'équipementier automobile Quinton Hazell ; quant à elle, elle avait retrouvé l'année suivante un poste d'enseignante à l'Université catholique de Lille, en exégèse biblique. La quarantaine, sans enfants, ils formaient un couple très beau. Il ressemblait à Maurice Ronet, en plus sombre. Elle, à Françoise Dorléac, en blonde. Elle le regardait avec des yeux de surveillante et d'amoureuse. De propriétaire en somme. Leur maison était l'une des rares du village à posséder une piscine, et les bonnes relations de voisinage aidant, Gabriel – appelle-moi Gabriel, m'avait demandé M. Delalande – m'en avait confié l'entretien tandis qu'il emmenait sa femme sur la côte basque, au moins jusqu'au début de septembre. Pour trouver le tumulte du vent du sud, *le vent fou* comme on l'appelle là-bas, et pour les claques de l'océan, avait-il précisé, comme pour nous rappeler combien ici tout était plat, triste et sans issue.

L'argent de l'entretien de la piscine allait me permettre l'achat d'une mobylette au jour de mes seize ans. Nous en avions repéré une avec Victoire, une Motobécane d'occasion, une « Bleue » en bon état que vendait un retraité du village.

Pimprenelle

Nous nous rêvions déjà, tous deux assis sur la longue selle de plastique rafistolée de scotch noir, ses bras autour de ma taille, ma main gauche sur les siennes, son souffle dans ma nuque, en partance pour une vie à deux.

*

J'avais hâte qu'elle grandisse.

J'avais hâte que s'évanouissent sa grâce enfantine et ses parfums de savons et de fleurs.

J'avais hâte qu'exhalent enfin ces odeurs poivrées et chaudes qu'il m'arrivait de croiser dans le sillage de Pauline, dans celui de certaines filles de ma classe d'alors, de certaines femmes dans la rue.

Des odeurs de peau. Des odeurs de sang.

*

Chaque matin, je l'attendais près de chez elle. Chaque matin, elle pédalait vers moi. Elle riait. Les émeraudes de ses yeux brillaient. Et chaque matin, d'une fenêtre de l'étage, la poétesse criait, avant de retourner à ses vers mélancoliques :

— Ne faites pas de bêtises ! Ramène-la pour le déjeuner !

Nous étions seuls au monde. Nous étions Victoire et Louis, une promesse blonde. Nous étions inséparables.

Nous filions vers la Marque, la rivière qui se déroule jusqu'à Bouvines – oui, comme la bataille du même nom, en juillet 1214 – et, lorsque épuisés, nous nous laissions tomber sur le sol, je lui tressais des alliances d'herbe qu'elle enfilait en riant à ses doigts fins, je comptais le nombre de ses futurs enfants dans le pli de son petit auriculaire. Mais je ne t'épouserai jamais, disait-elle. Et quand je lui demandais pourquoi, elle répondait qu'alors je ne serais plus son meilleur ami. Je cachais ma blessure en protestant :

— Si. Si, je resterai toujours ton ami, toute ma vie.

— Non. Quand on s'aime d'amour, on peut se perdre, et je ne veux jamais te perdre, Louis.

Puis elle bondissait comme un cabri, et remontait en selle.

— Le dernier arrivé est une poule mouillée !

L'enfance me la disputait encore. L'enfance me la reprenait.

Alors je ravalais mes désirs de garçon. J'apprenais la patience – cette consternante douleur.

Lorsque nous rentrions à l'heure brûlante du déjeuner, sa mère nous avait préparé une dînette, comme elle l'appelait, à l'ombre du grand tilleul du jardin : jambon, macédoine de légumes, limonade, parfois une goyère lorsque le temps fraîchissait, du pain perdu pour le dessert ou une mousse au chocolat. J'aimais les moustaches que le cacao dessinait aux lèvres de Victoire, je rêvais de les effacer avec ma langue tandis que plus bas, dans mon pantalon, le sang affluait, transformait mon pénis en sexe d'homme, gourmand, affamé. Alors, de plaisir et de honte mêlés, je baissais les yeux.

L'après-midi, nous allions au jardin des Delalande – elle n'avait d'ailleurs aperçu qu'une seule fois Gabriel, mais cela avait suffi pour qu'elle le trouve beau, « désespérément, mortellement beau ».

À l'aide d'une grande épuisette, elle m'aidait à enlever les feuilles qui flottaient à la surface de l'eau. Une fois par semaine, je devais vérifier le pH de l'eau avec un testeur colorimétrique et m'assurer que son taux restait bien autour de 7,4.

Mais surtout, nous nous baignions.

Parfois, nous faisions la course sur quelques longueurs. Victoire avait un dos crawlé ravissant dont les mouvements de bras rappelaient ceux d'une patineuse. À fleur d'eau, il me semblait qu'elle pouvait s'envoler. Disparaître dans le bleu infini. M'abandonner. Alors je plongeais pour lui attraper les pieds, l'arrimer à moi. Elle criait, simulait l'effroi. Et son rire s'envolait très haut avant de retomber dans mon cœur. Je l'attirais dans les profondeurs claires. Je voulais couler, couler avec elle dans une descente sans fin, comme dans *Abyss*, et trouver ce lieu, ce paradis, l'endroit de tous les pardons possibles. Mais nous remontions toujours. Au bord de l'asphyxie. Terrifiés et vivants.

Comme j'aurais aimé mourir avec elle, cet été-là.

Parfois, nous jouions au ballon mais sa maladresse l'envoyait souvent au fond du jardin et je devais sortir de l'eau pour le récupérer. Elle me suivait des yeux en se moquant, et je replongeais aussitôt dans la piscine, dans une gerbe d'eau impressionnante, pour l'impressionner. Elle levait les yeux au ciel, si désabusée déjà. Ses yeux étaient rouges, comme ceux des femmes qui pleurent. Des femmes qui vont se perdre. Ses

cheveux bouclés et mouillés dessinaient une cou-
ronne sur son front.

Elle était ma princesse.

— Un jour je te laisserai m'embrasser, me
murmura-t-elle un après-midi, avant de rejoindre
l'échelle d'une petite brasse légère qui dessinait
un chemin de lumière.

Nous laissions les rayons du soleil nous sécher,
allongés l'un contre l'autre sur la plage de bois
qui cernait la piscine. Elle portait un maillot de
bain deux pièces ; le haut, charmant, masquait
deux doux renflements, et lorsqu'elle l'ôtait pour
remettre sa robe, elle m'ordonnait de me retourner et me faisait jurer de ne pas regarder. Sinon,
je te tuerai, je te haïrai toute ma vie. Et je riais
fort et mon rire l'énervait tandis qu'elle s'enfuyait
me laissant là, seul, dans le jardin. Notre Éden.

Là où se cachait le serpent.

*

Ma mère s'inquiétait.

Elle aurait préféré que j'aie des amis de mon
âge, des garçons, voir mes genoux en sang le soir
de m'être battu, mes joues rouges d'avoir trop
couru et entendre ma tachycardie, comme un

joyeux tambour. Elle aurait voulu des polos arrachés, des cabanes dans les arbres, des chutes, des échardes, des clous rouillés, des ambulances, des frayeurs de mère et des résurrections.

Elle aurait aimé pour moi une adolescence rugueuse. Virile. Velue. Elle redoutait que l'absence de père ne fasse de moi une « chiffe molle ». Elle m'avait essayé au judo, mais après un méchant *kuchiki-daoshi*, j'avais renoncé. Elle m'avait inscrit au club de foot junior, mais mon incompétence m'avait valu d'être relégué sur le banc de touche.

J'étais alors un enfant qui parlait peu. Je me méfiais de la brutalité, je me méfiais des autres. De la violence qui fusait aussi vite qu'une injure. Des crachats, des salissures. De tout ce qui humiliait.

Les garçons ne m'intéressaient pas. Je préférais la douceur du silence, la façon délicate qu'avaient les filles de se murmurer des secrets, de rougir en dessinant le monde, de tisser leurs toiles. J'aimais ces mystères-là.

Parfois, les élèves me moquaient, me poussaient dans les couloirs, dans les escaliers. Un jour, l'un d'eux avait osé un *Louise* qui m'avait blessé. Un autre, un grand, avait cherché le coup de poing. Bats-toi ! Bats-toi, si t'es un homme !

Allez ! J'avais haussé les épaules mais tout son poids s'était abattu sur ma poitrine. Il y avait eu des rires méchants mais je n'étais pas tombé. Je n'avais pas pleuré. J'avais protégé mon visage. Il ne fallait pas que ma mère voie ma honte, qu'elle s'inquiète, appelle au secours ce mort dont l'absence douloureuse me permettait de voir l'invisible beauté des choses.

Plus tard, quand Victoire ne serait plus là, je me jetterais dans la mêlée des hommes, sur les terrains de sport. Je plongerais sous les coups qui anéantissent la tendresse et l'inexacte douceur des sentiments. Et chaque fois je prierais pour que soit fracassée et totalement détruite cette part de mon enfance.

Mais la violence ne triomphe pas de tout.

— Tu ne peux pas passer tout ton temps avec Victoire, répétait ma mère, ça ne se fait pas. Je te rappelle que c'est encore une petite fille et que toi tu es presque un homme.

— J'ai quinze ans, maman. Ce n'est pas vraiment un âge d'homme.

— J'ai eu un frère, je sais ce que c'est. Il te faut des amis.

— C'est elle mon amie.

— Mais qu'est-ce que vous fichez toute la journée ensemble ?

— J'attends.

J'attendais qu'elle grandisse, maman. J'attendais qu'elle puisse poser sa tête sur mon épaule. J'attendais que sa bouche tremble lorsque je m'approcherais d'elle. J'attendais ces parfums étourdissants qui diraient viens, tu peux me rejoindre maintenant, tu peux te perdre en moi, te brûler. J'attendais de pouvoir lui dire les mots dont on ne revient plus. Ces mots qui creusent le sillon d'une vie à deux. Une allégresse. Et parfois une tragédie.

J'attendais qu'elle m'attende, maman. Qu'elle me dise oui. Oui, Louis, je vais porter ton alliance d'herbes et je serai à toi.

— J'attends.

Alors ma mère me prenait dans ses bras, me serrait à m'étouffer, pour me faire rentrer à nouveau en elle comme au temps où nous étions trois, où il ne pouvait rien arriver de mal, pas de cœur dégoupillé ni de voiture rouge.

— Tu es comme lui, Louis. Tu es comme ton père.

Le dernier 14 Juillet du siècle, le banquier emmena sa poétesse et leur fille au bord de la mer.

Et Victoire m'invita.

Deux heures de voiture, et nous sommes arrivés au Touquet.

La digue était noire de monde. Vélos, skates, trottinettes, poussettes et rosalies. Cris. Barbes à papa. Crêpes et gaufres dégoulinantes de Nutella. Je me souviens d'un bonheur sucré, à la petite semaine. Des cirés clairs à même la peau, le sable qui volait, brûlait les yeux. Des congés mal payés. Des frissons de pauvre.

Sur la plage, posés çà et là, des petits abris de toile contre le vent. Des familles serrées, pour ne pas s'envoler. Et se réchauffer, lorsque le soleil disparaissait.

À quelques mètres de là, des bâtisseurs de sept ou huit ans remplissaient des seaux de sable humide pour édifier des tourelles, des donjons, des rêves friables qui n'atteindraient aucune étoile, jusqu'à la fatigue, la colère qui faisait tout écraser. Au loin, quelques chars à voile filaient au bord de l'eau, des cavaliers tranquilles allaient au pas.

Plus près, un couple, la cinquantaine – lui, un faux air d'Yves Montand dans *César et Rosalie* –, s'embrassait à pleine bouche, avec l'impudeur et l'avidité d'une adolescence inassouvie, sous l'œil mauvais, envieux parfois, des parents du même âge et de quelques âmes seules.

Nous nous sommes installés sur la plage, à la hauteur de l'avenue Louison-Bobet.

— Il y a moins de monde par ici, a décrété la poétesse. Je serai mieux pour lire.

Le banquier a planté un grand parasol jaune dans le sable pour protéger la peau délicate de sa lectrice ; a déplié deux fauteuils Trigano en toile bleue qui ont fait comme deux flaques d'eau, et ils se sont assis. Deux petits vieux, soudain. Elle regardait les mots de son livre. Il regardait la mer. Leurs regards ne se croisaient plus. Les désillusions l'avaient emporté, avaient gangrené le désir.

Victoire m'a pris la main et nous nous sommes éloignés en criant. On va se balader, on revient ! Nous avons couru vers le golf, vers les dunes, là où les enfants peuvent échapper à la surveillance. Et dans un coin, à l'abri de tout, nous nous sommes allongés côte à côte sans nous lâcher la main. Nous haletions en rythme, et j'imaginais nos cœurs, à la même vitesse, le jour venu. Je tremblais.

Puis, lentement, nos souffles se sont apaisés.

— Tu te rends compte, dit-elle, que dans six mois c'est peut-être la fin du monde, et qu'on sera peut-être tous morts.

Je souris.

— Peut-être.

— La fin du monde ! La fin de toi, de moi, la fin de la blague idiote de mon père avec mon prénom ; la fin, la fin, la fin ! En tout cas, il y a des gens qui l'ont annoncée. Il y en a même qui préparent leur dernier réveillon, dans un désert par exemple. C'est nul.

— Moi, je ne trouve pas.

— Tu ferais quoi si c'était la fin du monde ?

Je rougis légèrement.

— Je ne sais pas. Je ne crois pas que ce sera la fin du monde.

— Tu dis ça parce que tu es amoureux de moi et que si c'était *vraiment* la fin du monde tu aurais été amoureux pour rien.

— Pas du tout. Je suis très heureux avec toi comme ça, très heureux comme on est.

— Tu ne voudrais même pas m'embrasser ?

Mon cœur s'emballa.

Bien sûr que je voulais alors t'embrasser, Victoire, et te toucher, et te caresser, et oser des gestes téméraires, et te parler aussi de ma si longue attente de toi, de mon cœur qui tonnait toutes les nuits, de mes mains qui tremblaient lorsqu'elles touchaient ma peau en imaginant qu'elle était la tienne, de mes doigts qui rêvaient à tes lèvres de fruit, à cette bouche affamée et cruelle, qui parfois suggérait un vocabulaire de femme. Une impétuosité de femme.

Mais les grands amoureux sont des grands timides.

— Si, dis-je finalement. Si. Et si c'était la fin du monde, la dernière chose que je voudrais avoir c'est ça.

— Ça quoi ?

— Un baiser.

36

Un petit rire clair s'envola d'elle. Une aigrette.

— Tiens !

Elle se tourna vivement. Sa bouche écrasa la mienne, nos dents s'entrechoquèrent, nos langues se goûtèrent une seconde, elles étaient salées, chaudes, puis ce fut tout ; déjà, elle était debout, et riait.

— C'est pas la fin du monde un baiser, quand même !

Puis elle a disparu derrière la dune, voletant comme une plume.

Et j'ai eu envie de pleurer.

Je l'ai retrouvée sur la plage. La mer se retirait. Victoire remontait vers le sable, là où ses parents n'attendaient plus rien. Dans le vent, les cris ridicules des mouettes. Des moqueries de moi. Lorsque je fus à sa hauteur elle m'a regardé, son sourire était triste et doux.

— Je ne sais pas si je suis amoureuse de toi, Louis, même si je suis bien avec toi. L'amour, c'est quand on peut mourir pour quelqu'un. Quand on a les mains qui piquent, les yeux qui brûlent, quand on n'a plus faim. Et j'ai pas les mains qui piquent avec toi.

Son enfance m'assassinait.

Les quatre saisons de l'été

*

Non loin du banquier et de la lectrice, deux petits vieux tentaient, en riant, de poser leur serviette de plage sur le sable, malgré le vent et leurs doigts rouillés.

En les regardant, j'imaginai Victoire et moi, au terme d'une vie à deux, d'une odyssée magnifique, partis d'ici enlacés sur une mobylette, pour y revenir, un demi-siècle plus tard, au lieu de notre premier baiser, et essayer d'étendre ensemble une serviette de plage.

Mais Victoire courut retrouver un monde sans moi. Sans mon amour patient. Mon impatient désir.

Elle fut mon premier chagrin d'amour. Le dernier aussi.

*

À mon retour du Touquet, ma mère était inquiète.

Les mères sont des sorcières. Elles savent les dégâts que les filles peuvent provoquer dans le cœur de leurs fils. Elle resta là, près de moi, au cas où.

Et lorsqu'un soir mes larmes jaillirent, elle me prit dans ses bras, comme avant, au temps du malheur de l'automobile rouge. Ses bras chauds et doux accueillirent mes premières larmes, celles qui rendent le monde plus précieux, m'expliqua-t-elle alors, celles qui célébraient mon entrée dans le monde des adultes. Mon baptême.

*

Victoire m'attendait.

Elle était assise au bord de la piscine des Delalande, les pieds dans l'eau. Deux petits poissons roses.

Elle portait une chemisette blanche sur son maillot de bain et des lunettes à la Audrey Hepburn qui lui donnaient l'air d'une petite grande personne. Pour la première fois, je lui ai vu des ongles garance, dix petites gouttes de sang, étincelantes. Dans son cou, j'ai perçu une note de civette, de vanille, un brin de néroli, ce parfum que portaient les Lilloises des quartiers chic, et quelques filles bariolées, derrière la gare.

Je suis venu m'asseoir à côté d'elle et, comme elle, j'ai jeté mes deux poissons maladroits à l'eau. Ils nagèrent un moment de façon circulaire, comme ceux de Victoire. Puis, à mesure que les cercles s'agrandissaient, nos curieux petits poissons se frôlaient, se touchaient en un délicieux ballet aquatique. Je m'arrangeais pour que les miens caressent les siens, s'épousent un instant dans l'intimité de l'eau. Elle sourit. Je baissai la tête et lui rendis son sourire.

Les parties de nos corps les plus éloignées de nos cœurs faisaient connaissance.

J'osai m'aventurer dans le vocabulaire des doigts : ma main s'approcha de la sienne à la vitesse lente de cinq petits orvets ; et lorsque mon auriculaire effleura son auriculaire, sa main bondit, comme un criquet qui s'apprête à être gobé, atterrit sur son ventre, sur la chaleur de son ventre, et il me sembla qu'il y eut un instant de silence autour de nous, comme au cinéma avant une scène d'horreur.

Je la regardai. Elle a relevé son beau visage. Ses yeux m'évitaient. Sa voix était devenue grave.

— Je ne peux plus jouer aux *Dents de la mer* avec toi, Louis. Ni au water-polo idiot, même si tu es drôle quand tu fais la bombe pour m'impressionner.

— J-Je…

— Je ne suis plus une petite fille, m'interrompit-elle en singeant les dames qui venaient écouter les poésies et manger les gâteaux de sa

41

mère. Plus une mignonne petite fille. Et puis toi, et puis... *toi*...

Et elle retira prestement ses deux poissons de l'eau, ramena ses jambes contre elle dans un mouvement qui me sembla être d'une rare perfection. Et je compris.

Ce qui devait nous unir nous désunissait.

Un filet de sang nous arrachait l'un à l'autre.

J'eus le sentiment qu'en cet instant elle me faisait sortir d'elle, moi qui n'y étais jamais entré, qui étais resté patient, résigné, dans l'antichambre de son cœur.

Quand elle s'est tue, je n'avais plus la force d'aucun mot, d'aucune colère. Moi, le dégingandé de quinze ans, l'amoureux sans mots d'amour, le rêveur sans chair, je découvrais le chagrin, l'immense chagrin, celui que chantait Sylvie Vartan, « On était des enfants/Notre peine valait bien celle des grands[1] ». J'aurais voulu que mon corps soit poussé dans la piscine, qu'il s'enfonce, que l'eau pénètre ma bouche, mon nez et mes oreilles, qu'elle m'absorbe, m'engloutisse. J'aurais voulu être mort aux pieds de ma prin-

---

1. Paroles Mate Peter et Nagy Istvan. Adaptation française, Michel Mallory.

cesse, moi que son premier sang submergeait et noyait.

Je me suis levé. Dieu que mon corps était lourd. Il venait de perdre la grâce de l'enfance.

J'ai attrapé l'épuisette et me suis mis à nettoyer la surface de l'eau. J'y capturai une feuille de prunier, des pétales de roses, quelques insectes moribonds et mes rêves.

Tous mes rêves.

Peu après, Victoire s'est levée à son tour pour contourner la piscine et me rejoindre. Elle s'est collée à mon dos. Ses bras ont entouré ma poitrine, comme elle l'aurait sans doute fait sur la « Bleue » si nous avions roulé ensemble vers cette vie à deux. Vers ces matins qui sont une chance. Nous sommes restés longtemps ainsi. Nos corps respiraient au même rythme, nous n'étions plus qu'un. *Victoirelouis. Louisvictoire. Elleetmoi.* Un instant de parfait bonheur. Insubmersible. Un souvenir pour une vie entière.

Je comprenais enfin ma mère.

Puis lentement, comme l'eau se retire, ses bras ont relâché leur étreinte, et les dix gouttes de sang se sont volatilisées. Elle a déposé un baiser dans mon dos. Et ce fut tout. J'ai ressenti alors un vide immense et, lorsqu'elle s'est éloignée, j'ai murmuré mon premier serment d'homme :

— Je vais grandir vite, je te le promets. Quand je reviendrai, je te dirai ce qui rend une femme amoureuse.

*

Fin juillet, les aoûtiens s'en sont allés. Sainghin s'est vidé.

Ceux qui ne partaient plus depuis longtemps se retrouvaient au zinc des cafés. C'étaient leurs ports, leurs ponts d'embarquement. Ils citaient Audiard : « Moi aussi, il m'est arrivé de boire. Et ça m'envoyait un peu plus loin que l'Espagne. Le Yang-Tsé-Kiang, vous en avez entendu parler du Yang-Tsé-Kiang ? Cela tient de la place dans une chambre, moi je vous le dis ! »

Le 31 juillet, il y eut un cambriolage, allée de la Seigneurie, mais le(s) voleur(s) ne pri(ren)t qu'une commode Louis-XV. La police mit alors le larcin sur le compte d'une vengeance familiale, un héritage qui aurait mal tourné, de l'amour mal réparti.

Ma mère projetait d'inviter le banquier et la poétesse afin de les remercier de m'avoir emmené au Touquet le dernier 14 Juillet du siècle. Tandis qu'elle imaginait un barbecue dans le jardin, avec du bon rosé – ça met tout le monde de bonne humeur, le bon rosé –, je tentai de l'en dissuader :

— Ce n'est pas une bonne idée, maman, sa mère est malade, elle a des problèmes, elle ne peut pas manger de viande. Ça empoisonne son sang.

— Des légumes alors, des légumes grillés, c'est bon pour tout, les légumes.

— Arrête, maman, s'il te plaît. Victoire et moi, on ne se voit plus trop.

— Ah, quand même. Je me demandais quand tu allais m'en parler. Les mamans ont des yeux en plus, tu sais. Je vois bien que tu as du chagrin, des cernes le matin. Je t'ai déjà dit que tu avais le droit de pleurer. Les larmes, ça nettoie, ça noie la douleur.

Elle s'efforça alors de noyer ma douleur dans le souvenir de sa grande rencontre.

— Je n'étais pas du tout attirée par ton père, figure-toi. Et même si je lui plaisais bien, je le trouvais plutôt inintéressant. Même sa cour était inintéressante : une invitation à prendre un café, à se balader le long de la Deûle, à visionner un vieux Truffaut, j'adorais *Jules et Jim,* ou à écouter les vinyles des Ronettes dans sa chambre d'étudiant. J'avais dix-neuf ans, je rêvais d'inattendu, comme toutes les filles. Je rêvais d'être forcée, kidnappée. J'étais attirée par un grand blond à lunettes, qui voulait devenir écrivain. On se croisait à la terrasse d'un café, où il noircissait des cahiers entiers. Mais je me suis vite rendu compte que les écrivains n'aiment que ce qu'ils écrivent, et seulement les femmes de leurs livres, même si à la fin, au nom de leur petite tragédie orgueilleuse, ils s'en débarrassent toujours. J'ai pensé que je finirais vieille fille.

Et puis j'ai commencé à recevoir des fleurs. Mais je ne savais pas de qui. Chaque jour, une fleur différente. Je trouvais ça idiot au début, une fleur différente chaque jour. Un lys. Une rose. Une pivoine. Un dahlia. Et le dernier jour, j'ai reçu un livre sur le langage des fleurs. J'ai regardé le sens de toutes celles qu'on m'avait envoyées : chacune formait le mot d'une déclaration d'amour. C'est comme ça que ton père a commencé à pousser dans mon cœur. Et lorsqu'il est venu m'attendre en bas de chez moi avec sa vieille Alfa Romeo rouge qu'il adorait, je me suis laissé cueillir. Je me suis assise à côté de lui, et je savais que j'étais arrivée. J'étais enfin là où je devais être, collée à lui. *Luietmoi*. Le jour où il est mort, il allait acheter des fleurs pour fêter nos cinq ans.

Ces fleurs. Mon héritage.

*

Il faisait très chaud.

8 à Huit s'était mis à vendre des piscines gonflables – ce qui ne s'était jamais vu à Sainghin-en-Mélantois où il pleut environ cent cinquante jours par an –, à prix d'or, bien entendu. Les gens se plaignaient de la chaleur, les gens se plaignent toujours, ils ne soupçonnaient pas l'été qui les attendait en 2003. Les quinze mille morts.

Je passais mes journées dans la piscine du voisin, allongé sur un matelas au méchant motif de tortue. Les niveaux de chlore et de sel étaient parfaits. La fraîcheur de l'eau était parfaite. Le bleu du ciel était parfait. La vie était parfaite.

Mais ce qui est parfait ne dure jamais.

J'ai soudain senti l'ombre. La fraîcheur de l'ombre. Pensant qu'un nuage venait de masquer le soleil, j'ai ouvert un œil. Gabriel était là. Immense, beau et bronzé. Il me regardait en souriant. Je tentai de m'asseoir mais tombai misérablement à l'eau. Gabriel éclata de rire, son rire aussi était beau.

— Je vois que tu prends bien soin de ma piscine.

— Elle est impeccable, monsieur.

— Gabriel.

— Gabriel. Vous êtes rentrés ? Vous deviez rentrer début septembre.

Il m'a tendu la main alors que je m'approchais du bord. Je m'y agrippai. Il me souleva avec la force d'un père.

— Moi, oui, je suis rentré. Je suis rentré seul. Elle est partie.

Sa femme avait-elle été emportée par les tumultes des vents basques ? Le vent fou ? Une vague violente, possessive ? Un instant, j'ai songé qu'il l'avait peut-être poussée. Une femme n'abandonne pas un homme si beau. Je frissonnai, attrapai ma serviette pour me sécher. Il haussa les épaules.

— Ce sont des choses qui arrivent.

Je sais, pensai-je. Les femmes nous quittent.

Il me donna l'argent qu'il me devait. Malheureusement, son retour prématuré me faisait manquer quinze jours de salaire pour pouvoir acheter la « Bleue », y remplacer la longue selle biplace par une selle unique.

Voyant ma déception, il me proposa de continuer à m'occuper de sa piscine.

— Jusqu'à la rentrée des classes, si tu veux.

*

Je passais désormais l'essentiel de mes journées à la maison.

Le matin, je lisais des bandes dessinées à l'ombre des arbres. Ma mère s'initiait aux règles de la comptabilité en fumant – la nicotine, ça aide, c'est bon pour la concentration, disait-elle. Elle et moi formions un petit couple sage, sans trop d'illusions. À l'heure du déjeuner, j'allais m'occuper de la piscine de Gabriel. Puis je partais me promener vers le mont des Tombes où nous allions autrefois, Victoire et moi, quand nous laissions nos vélos au bord du champ pour courir jusqu'au célèbre tumulus. Nous imaginions les morts qui y reposaient depuis plus de deux mille ans, les poussières qu'il restait d'eux ; nous inventions leurs histoires et, à travers leurs vies imaginaires, essayions d'écrire la nôtre.

Puis je rentrais, plus triste encore.

« C'est le silence/Qui se remarque le plus »,
chantait Cabrel dans *Hors Saison*.

La nuit, au creux de ce « silence qui se remarque
le plus », je pensais toujours à elle.

Et comme pour les gens qui meurent, je repas-
sais devant mes yeux le film de notre courte vie :
ces promesses, ces peurs d'enfants qui deviennent
la chair même du désir lorsqu'on grandit, ces
rires qui avaient la légèreté des corps amoureux,
tous ces rêves que l'on fait seul pour deux. J'avais
rêvé de choses qu'elle ne me réservait pas. J'avais
été un frère, un ami, un amoureux de pacotille,
jusqu'au sang maudit. J'avais été un confident,
jamais un cœur possible.

J'ai essayé de trouver une phrase que j'aurais
pu lui écrire avec les fleurs de mon père mais les
mots me manquaient.

C'est pour les lui offrir un jour, qu'une fois
adulte j'ai voulu devenir écrivain. Ma petite victoire.

Le mardi 10 août, cet été-là, alors que j'attrapais un oiseau mort qui flottait à la surface de l'eau, ses petites ailes déployées, étrangement articulées, Gabriel m'a fait un signe de la fenêtre du salon.

Il n'était pas seul. Mais il n'était pas non plus avec sa femme. Elle n'était pas revenue. Non. C'en était une autre déjà. Un homme aussi beau ne reste jamais seul bien longtemps. Celle-ci avait des boucles blondes dont l'éclat de blé me rappela celles de Victoire. Il se tenait debout face à elle ; il parlait, parlait et, de temps en temps, avec un très joli mouvement de lassitude, la petite tête blonde penchait sur le côté.

*

Le mercredi 11 août, vers 16 heures, je découvris Victoire allongée sur le ventre près de la piscine, sur une grande serviette blanche. Elle ne sursauta pas lorsqu'elle entendit mes pas sur le bois. Son dos nu, luisant d'huile solaire, avait l'exacte couleur dorée des pains au lait. Sa peau devait être terriblement chaude. Mon cœur s'emballa, les démons de mes nuits s'agitèrent. Elle tourna lentement le visage vers le bruit de mes pas, comme si elle m'attendait, m'espérait ; lentement, comme si elle ne voulait pas dévoiler son sourire trop vite, avouer la douceur grisante de l'attente, son plaisir. Mais lorsqu'elle me reconnut, un cri s'envola de sa gorge. Un effroi mêlé à de la rage.

— Mais qu'est-ce que tu fais là ? demanda-t-elle en se redressant, l'air mauvais, en dissimulant sa poitrine nouvelle dans le coton blanc, d'un geste de prestidigitatrice.

— Toi, qu'est-ce que tu fais là ?

— Je fais ce que je veux, lâcha-t-elle, pincée.

— Tu n'as rien à faire ici !

— C'est toi qui n'as rien à faire ici !

— Je te signale que je suis chargé de l'entretien de la piscine !

— Je te signale qu'il m'a permis de venir si tu veux tout savoir, de venir quand je voulais, qu'il soit là ou pas !

Elle se remit brusquement debout, et, bien que je la dépasse de trente centimètres, elle me toisa avec cette terrifiante arrogance que je retrouverai plus tard dans le regard de certaines femmes, de celles, comprendrais-je alors, qui aiment jouer avec le feu. Et surtout s'y brûler.

— Tu ne comprends rien, me lança-t-elle en ramassant la brassière de son maillot. Rien de rien !

Et elle disparut.

*

Le jeudi 12 août, je suis retourné à la piscine, à la même heure, espérant l'y trouver, lui faire oublier ma naïveté de la veille.

J'avais enfin compris.

En quelques heures, cet été-là, la Victoire de treize ans qui avait mis le feu à mon cœur, avait laissé place à la Victoire de treize ans qui désormais mettrait le feu aux corps. Au mien. Mais aussi à celui de tous les autres.

Son éveil allait réveiller tous les appétits.

Cet après-midi-là, j'avais décidé de m'asseoir à côté de toi, sur la plage de bois. Décidé de caresser ton dos, tes jambes et ta nuque, de mettre de côté l'anesthésiante douceur des sentiments. J'allais entrer sans frapper, Victoire. J'allais être ton ravisseur, comme avait dit ma mère, acquérir cette qualité d'hommes qui veulent conquérir les femmes. J'allais être un voyou, un amant.

Mais le jardin était désert. Je t'ai attendue. Tu n'es pas venue. Et j'ai eu envie de mourir.

J'ai alors fait mon travail rapidement – l'eau était propre, pas de feuilles, pas d'oiseau, pas de sirène dorée –, et je suis rentré.

En fin d'après-midi ma mère me demanda de l'interroger sur les dépréciations d'un actif non amortissable, le modèle du TFR et l'article R.123-179. Je lui mis un 20/20 et, pour fêter ça, nous allâmes dîner à Lille, à La Cave aux Fioles : fondue d'endives, glaces à la chicorée et au sirop de genièvre. Ma mère était belle, deux hommes la regardèrent, l'un me sourit et nous éclatâmes de rire. *Elleetmoi.* J'étais mon père et j'étais moi. J'étais sa fierté. Elle ne me parla pas de Victoire, mais plutôt de ce qui m'attendait en seconde, dans quelques semaines – un nouveau lycée, de nouveaux amis, de nouvelles matières –, elle avait confiance.

— Et toi, quand je ne serai plus là ?
Elle sourit.

— Merci, mon chéri. Ne t'en fais pas pour moi, ton père m'a laissé du bonheur pour une vie entière.

*

Le lendemain, j'aperçus de nouveau la silhouette féminine dans le salon. Les reflets sur la vitre me la cachaient. Gabriel était assis face à elle. Il me sembla qu'il essayait de la convaincre de quelque chose.

Mais la tête blonde faisait non, obstinément non. Un métronome doré.

*

Le samedi 14 août, j'entendis la voix de Gabriel avant même de le voir. Il était dehors. Il tonnait en faisant de grands gestes. Lorsque je l'aperçus, je faillis m'étrangler : Victoire se tenait debout face à lui. Elle était entièrement nue. Il la gifla. Elle le toisa un instant avant de ramasser ses affaires et de s'enfuir en pleurant, en criant elle aussi : Vous ne comprenez rien ! Vous ne comprenez rien ! Et lorsque Gabriel comprit que je les avais vus tous les deux, il hurla alors mon nom, il hurla : Viens ! Reviens, Louis ! Mais je m'enfuis à mon tour. Viens, ce n'est pas ce que tu crois, Louis, pas du tout ce que tu crois ! Et ma voix éclata : Victoire ! Victoire ! Ma voix se brisa, fila haut dans le ciel, rapide comme le vol d'une hirondelle, pour rejoindre mon amie perdue.

Tu étais mon premier et mon dernier amour. Tu étais mon amour damné, Victoire. Mon amour qui n'était pas aimé en retour.

*

Le dimanche matin, il ne se passa rien.

Mais dans l'après-midi, le silence ouaté des corps avachis dans les jardins, abrutis par l'alcool des vins blancs, roses et frais que l'on boit comme de l'eau, la torpeur des corps paralysés par l'épuisante digestion furent déchirés par les sirènes de deux voitures de police avec la même violence que la déflagration d'un coup de feu.

Surpris, nous nous regardâmes, ma mère et moi. Les sirènes étaient très rares par ici ; parfois le vent nous en apportait la mélodie désagréable, venue de l'autoroute, de l'autre côté. Celles-ci étaient plus fortes, elles se rapprochaient, étaient tout près. Puis elles furent là. Je me précipitai. Les deux voitures pilèrent à quelques mètres de notre maison. Cinq hommes en descendirent, les portières claquèrent. Une seconde après, ils sonnaient à la porte de Gabriel.

Il arriva du jardin en maillot de bain. Il enfilait une chemise quand deux des policiers l'attrapèrent chacun par un bras.

— Vous êtes Gabriel Delalande ?

Quelques minutes plus tard, il fut jeté dans l'une des deux autos qui aussitôt démarrèrent en trombe.

Ma bouche s'ouvrit, mais aucun cri n'en sortit. La douleur restait à l'intérieur. Mille lames déchiquetaient ma gorge, mon cœur, mon ventre. Il me sembla que mon sang se volatilisait, que ma vie s'évaporait. Ma mère se précipita, me recueillit. Je tombais, elle retint ma chute.

Lorsque je me mis à glisser, à couler de ses bras, elle empêcha la terre de m'engloutir tout à fait.

Bien sûr, nous n'avons pas tout de suite su ce qui s'était passé.

Le silence insupportable laissait place aux conjectures les plus nauséabondes. On entendit que Gabriel Delalande avait abusé d'une enfant. Un bel homme comme ça, ça a toujours faim, je vous le dis, moi. Violée. On entendit qu'il avait voulu la kidnapper. Un homme dont on sait très peu de choses, finalement. On entendit que Victoire s'était coupé les veines avec des ciseaux. Qu'elle avait avalé les cachets que prenait sa mère – Valium, Mogadon, Prozac, Asaflow. Une poétesse, rendez-vous compte, ça fait attention à ses mots, pas à ses médicaments, pff, si c'est pas une tristesse tout ça. Une si jolie gamine.

Et ainsi de suite ; toutes les angoisses des uns, toutes les frayeurs des autres pour conjurer le mauvais sort. « Ce qu'il y a de bien dans le malheur, chantait Léo Ferré, c'est que c'est toujours le malheur des autres. »

Je faisais le siège de la maison de Victoire. Mais les volets demeuraient obstinément clos. Parfois, une lumière s'allumait derrière ceux de sa chambre. Même le banquier ne sortait plus. Je passai là toute la journée du lundi, puis la nuit entière, petit chien fidèle, alangui sur la tombe de sa maîtresse – un mauvais chien qui ne l'avait pas protégée, pas sauvée.

Au matin du mardi, ma mère vint m'apporter un Thermos de chocolat chaud et deux croissants au beurre. Elle s'assit à côté de moi, dans l'herbe humide. Elle eut un petit sourire triste en me dévisageant. Tu as l'air épuisé, Louis. J'inspirai fort ; je crânais : ça va maman, je ne suis pas fatigué. Je me brûlai les lèvres au chocolat moussu, si rassurant, dévorai les croissants. Gabriel est rentré ce matin, chuchota-t-elle. Je sursautai. Et Victoire va bien maintenant. Il ne l'a pas touchée. Il lui a juste donné une gifle, comme un adulte le fait parfois avec un enfant qui a fait une bêtise. Pour marquer une limite. Une bêtise ? La voix de ma mère était très douce, elle parlait lentement. Elle a voulu séduire Gabriel. Être désirée par lui. Elle l'a fait comme le font les femmes, avec la promesse de leur corps. Mes promesses d'ivresse, de vertige, qu'elle avait voulu offrir à un autre. Il a refusé. Comment pouvait-il en être autrement ? Il a tenté de la raisonner. Une fois, deux fois, trois fois, jusqu'à la gifle. Alors elle est rentrée chez elle, furieuse et blessée. Plus tard, elle a avalé tous les cachets qu'elle a trouvés.

— Elle a voulu mourir ? demandai-je, blême.

— Je ne sais pas, répondit ma mère. Elle voulait peut-être tuer quelque chose en elle.

*

Je n'ai pas revu Victoire cet été-là.

Je lui écrivis des lettres que je déposais chez elle, mais ne reçus jamais de réponse. Je ne suis même pas certain qu'on les lui transmettait.

À la rentrée de septembre, elle fut inscrite à l'institut Monte Rosa en Suisse, dont la devise était *In labor virtus,* et qui prônait le respect du savoir-vivre et de son prochain. Le banquier cessa de subventionner la poésie de sa femme et dut emprunter pour financer cet exil.

Gabriel Delalande avait mis sa maison en vente. Je m'insurgeai.

Vous n'avez rien fait de mal !

— Il y aura toujours une ombre, me dit-il dans un sourire fatigué. Et dans la mémoire des gens d'ici, avec le temps, une ombre devient une menace.

Il ébouriffa mes cheveux, j'aimai soudain ce geste paternel.

— J'ai eu du plaisir à te connaître, Louis, tu es quelqu'un de pur. D'entier. Reste-toi fidèle.

Nous ne nous revîmes jamais mais il m'arrive parfois, en regardant *Le Feu follet* ou *La Piscine*, de repenser à son élégance triste, d'être nostalgique de ses gestes pudiques de père sans enfants.

*

Ma mère passa quelques entretiens ; elle ne fut pas choisie. Elle traversa une période désenchantée. Elle regardait les photographies de mon père, elle s'était remise au Martini et elle pleurait beaucoup.

Je nous préparais à dîner le soir. Puis, lorsqu'elle était trop fatiguée ou trop ivre, je l'aidais à se déshabiller et la couchais. Je lui racontais toujours ma journée, ce qui la rassurait : l'un de nous vivait encore.

Nous ne parlions jamais de Victoire. Pourtant, elle me manquait. Notre enfance me manquait, nos rêves de « Bleue » me manquaient, les matins d'une vie ensemble me manquaient.

Le temps passait. Je l'aimais toujours.

*

L'été suivant – la fin du monde n'avait finalement pas eu lieu –, j'avais l'allure d'un homme. J'étais grand et mince. Au village, les filles me regardaient, me souriaient ; quelques garçons essayèrent de m'intégrer dans leur bande. Mais je préférais la solitude.

Cet été-là, nous nous apprêtions à partir en Italie, ma mère et moi. Elle allait mieux. Elle avait trouvé un poste de caissière à Auchan, au centre commercial de Villeneuve-d'Ascq. Tu vois, disait-elle en souriant, résignée, ça aura servi à ça mes cours de comptabilité ! J'aimais ma mère, elle était forte et faible, et elle avait besoin de moi. Elle avait un petit rêve d'Italie inassouvi : voir Sienne, l'immense piazza del Campo et son imposant Duomo, avec mon père, du temps d'avant la puissante voiture italienne.

Cet été-là, je revis Victoire. Une minute.

Elle était avec sa sœur Pauline ; elles chargeaient le coffre d'une vieille auto. Je lui fis un signe. Elle me regarda. Elle avait grandi elle aussi ; la femme en elle n'était pas loin. Je la trouvai plus belle encore, malgré son maquillage vulgaire – paupières bleues, lèvres trop rouges –, malgré son chewing-gum, malgré son short en jean effrangé, moulant, si court que le tissu des poches en dépassait, malgré sa désespérante ressemblance avec sa sœur.

Elle me rendit mon salut. Tu pars ? En Espagne ! Et toi ? Italie ! Nous rîmes ; c'était bon. Inespéré. La minute passa, elle grimpa à bord de l'auto, Pauline démarra, et ce fut tout.

*

Parfois, j'allais jusqu'à la maison de brique orange. La poétesse me servait un thé anglais, nous parlions de ce qu'elle n'écrivait plus, nous parlions d'elle, du manque d'elle.

Parfois, elle me donnait des nouvelles, lisait une courte lettre, me montrait fièrement un bulletin de notes. Un jour, elle m'offrit une photo de Victoire prise à Monte Rosa, avec les verts pâturages et les Rochers-de-Naye derrière elle – une parfaite petite publicité pour du chocolat au lait. Elle venait d'avoir seize ans, elle avait coupé court ses cheveux, ses émeraudes étincelaient, son sourire était magnifique, heureux. Je n'ai pas pu retenir mes larmes.

J'ai promis à la poétesse de la ramener un jour parmi nous.

*

Depuis un an, Victoire ne rentrait plus à Sainghin. Elle préférait passer ses vacances en Suisse, chez ses amies d'internat, loin de son été de honte. Je lui écrivais parfois des lettres qui restaient lettres mortes.

— Rencontre des filles, tombe amoureux, oublie le passé, oublie-la, me suppliait ma mère.

Je souriais.

— Ça te va bien de dire ça, madame d'un seul amour.

Après le bac, l'année suivante, j'entrai en fac de lettres modernes à Lille-III. Je cherchai chez Baudelaire, Breton, Michelet, Ionesco, la grâce des mots que j'avais promis à Victoire. Ceux qui la rendraient amoureuse.

Le 14 avril 2004, enfin, au jour de ses dix-huit ans, je fis porter à l'appartement qu'elle partageait désormais à Chambéry avec une colocataire une fleur chaque jour.

J'avais vingt ans. L'âge de mon père.

Un phlox blanc : *voici ma déclaration d'amour.* Un fusain : *ton image est gravée dans mon cœur.* Une pimprenelle : *tu es mon unique amour.* Une rose sauvage : *je te suivrai partout.* Une tulipe diaprée : *tes yeux sont magnifiques.* Un iris mauve : *tes yeux m'affolent.* Un chrysanthème rouge : *je t'aime.* Un camélia : *je t'aimerai toujours.* Une rose rose : *tu es si belle.*

Et enfin, douze roses rouges : *veux-tu m'épouser ?*

*

Je n'eus aucune réponse.

Mes fleurs s'étaient fanées, j'imagine. Victoire avait dû bien rire, brocarder l'enfant en moi qui emprisonnait l'adulte et l'empêchait d'éclore.

Pimprenelle

Je l'entendais encore, parfois : « J'ai pas les mains qui piquent avec toi. »

Elle était partie l'été de ses treize ans. Elle avait emporté avec elle notre légèreté. Nos rires clairs. Mon indéfectible amour. Et son premier sang.

Je l'avais attendue et ma patience ne pesait guère face à la fascinante sauvagerie des hommes. Elle avait grandi sans moi. Elle était devenue belle sans moi, de cette beauté que l'on ne peut jamais tout à fait posséder.

Elle avait aimé sans moi, crié sans moi. Son corps de femme s'était éveillé dans les bras d'autres hommes, des ravisseurs, des pilleurs, des amants d'été qui abandonnent toujours leur butin aux premiers jours d'automne.

Mes ultimes larmes m'empêchèrent de me dessécher totalement. Les méchants coups que je prenais sur les terrains de sport anesthésièrent mon chagrin.

Je l'ai cherchée dans d'autres bras, le temps d'un oubli.

Je me suis égaré dans quelques tendresses. J'ai plongé dans de semblables blondeurs pâles qui demandaient au matin des promesses que je n'offrais jamais.

Je me méfiais alors des fleurs, de la poésie, du rire des filles. Je ne sortais plus, je rentrais chaque week-end à Sainghin, et je devins un vieux fils. Un poids qui, au fond, rassure sans doute les mères.

La mienne m'apprit une dernière chose. Les chagrins d'amour sont aussi une forme d'amour.

EUGÉNIE GUINOISSEAU

Je suppose que le premier 14 Juillet de ma vie, il y a trente-cinq ans, j'étais déjà ici, sur cette plage.

Sans doute en body églantine, couchée sur une serviette moelleuse, sous une petite ombrelle colorée, protégée du soleil par une tartine d'écran total, et des rares hyménoptères par une dentelle aux mailles serrées. Les aînés font toujours les frais du zèle dérisoire des nouveaux parents.

Mes étés se sont succédé ici, entre les douze kilomètres de plage élastique – à cause des vastes marées –, et un petit appartement humide, rue de Paris, que ma grand-mère avait acheté du temps où Le Touquet s'appelait encore *Paris*

Plage. Je suis restée fille unique. Je trouvais mes amies de vacances dans quelques livres, quelques films, et au milieu de quelques voisines de mon âge dont les parents louaient dans l'immeuble pour une saison, sans jamais revenir. J'ai amassé ici des souvenirs de crêpes au Nutella, de vents puissants qui emportent parasols et transats, et, de temps en temps, les voilettes des dames qui vivent ici à l'année ; des souvenirs de jeunes femmes sur la digue, seules et tristes, cramponnées à d'élégantes poussettes, loin de leurs maris, restés dans des bureaux, dans d'autres villes, vers d'autres tentations ; des souvenirs de baignades glacées, de fous rires avec les petites voisines du cinquième.

Sans oublier les chocolats du Chat Bleu, le grand marché couvert, le week-end, près de l'église, les grosses tomates sucrées et les endives croquantes.

Je me souviens de la plupart des 14 Juillet ici, des 14 Juillet de fête. Papa me racontait avec la passion d'un acteur et la précision d'un historien la harangue de Camille Desmoulins au Palais-Royal, le 12 juillet 1789, afin d'inciter la foule à se défendre contre le retour probable de l'autorité royale à la suite du renvoi de Necker.

Il me racontait les manifestations, l'intervention virile d'un régiment allemand aux Tuileries ; il me racontait « ce temps orageux, lourd, sombre, comme un songe agité et pénible[1] » ; ce matin du 14 Juillet où la foule s'était rendue aux Invalides pour exiger l'accès aux armes, il me peignait la façon dont les défenseurs de la Bastille, des Invalides, avaient ouvert une première fois, en début d'après-midi, le feu sur le peuple. Aux alentours de 17 heures, la garnison de la Bastille s'était rendue avec la promesse d'être correctement traitée, les manifestants s'étaient alors emparés de la Bastille, avaient libéré les prisonniers – il devait y en avoir des centaines, ils étaient moins de sept, dont quatre faussaires. Il me racontait ces immenses malentendus qui font l'Histoire, ces hasards qui décapitent le cours des choses, et me demandait de lui promettre de rester libre, toujours. Tu m'écoutes, Isabelle ? Oui, papa. Et je promettais des mots infinis que je ne connaissais pas.

Et puis il y eut ce 14 Juillet où papa ne nous avait pas rejointes. On lui avait découvert plusieurs semaines auparavant quelque chose au

---

1. *Histoire de la Révolution française,* Jules Michelet.

cœur ; les résultats des examens avaient été méchants. Alors, il l'avait fait taire d'une balle de Browning.

Je n'ai jamais eu beaucoup de chance avec les hommes.

Du Touquet, je garde aussi le souvenir, inoubliable sur le moment, si douloureux depuis, d'un premier baiser d'été sur le sable, derrière les cabines de plage multicolores. Mon premier immense ravissement, deux semaines de pur bonheur, d'envie de mourir chaque fin d'après-midi lorsque nous devions nous séparer ; et nos nuits, mon Dieu, nos nuits sombres loin de l'autre, passées à nous écrire des mots nouveaux, des mots audacieux, terrifiants, qui avaient parfois le goût de nos bouches, le désir de nos doigts, les vertigineuses métaphores de nos faims. Jérôme. Je prononce ces syllabes enfouies pour la première fois depuis longtemps. Jérôme. Et j'ajoutais *et tu as moi*. Et il riait, *Jérôme et tu as moi*.

Je me suis tant de fois demandé ce que seraient devenues nos vies si nous étions restés ensemble, si nous avions eu le courage de nous arrimer l'un à l'autre, envers tous et contre les vents, si nous avions vaincu la lâcheté des premières fois, cet été-là ; ce dernier soir, j'aurais dit oui, et ce oui aurait été mon plus grand mot d'amour, mais il m'avait juste enlacée et j'aurais aimé me dissoudre dans cette étreinte, j'aurais tout donné pour que ses bras m'étouffent, mais m'étouffent *vraiment*, afin que mon premier oui de femme soit aussi mon dernier souffle.

J'avais quinze ans et je rêvais déjà de mourir d'amour. Mais les matins sont cruels, et les aubes froides.

Je n'ai jamais eu beaucoup de chance avec les hommes.

À la fin de cet été-là, je suis retournée dans notre horrible maison d'Anstaing, près de Lille, où mon père avait interrompu d'une balle la cacophonie de son cœur. Je me suis retrouvée dans ce jardin où je n'avais ni frère ni sœur ni balançoire ni aucun autre rire désormais que celui de notre fantôme. J'ai repris cette vie dans laquelle ma mère m'apprendrait que l'on ne peut pas mourir d'amour. J'y ai attendu des lettres de Jérôme qui ne venaient pas, de l'encens, des fleurs, des chansons dédicacées sur les ondes des radios, des cadeaux aux 14 Juillet, des trucs de chamans, n'importe quoi. Alors, à l'âge où l'on devait aimer définitivement, j'ai appris le silence.

À dix-sept ans, je m'étais offerte à un Jérôme, pour lui ; et ma première fois avait été glaciale.

Quelques années plus tard, j'ai rencontré un mari. Ne riez pas. Bien sûr qu'il était charmant. Beau même. De cette beauté que, nous les femmes, décelons chez un homme, lorsque nous avons faim. Il avait le regard, la voix, les mots maladroits ; il avait tous les pièges. Et après quelques nuits d'amour, quelques fièvres et autres douceurs, violences et baumes, je suis tombée enceinte. N'est-ce pas qu'ils sont drôles les mots. On tombe amoureuse, puis on tombe enceinte, puis on tombe de haut.

Je n'ai pas eu beaucoup de chance avec les hommes.

*

Voilà. J'ai trente-cinq ans. Un fils de neuf, délicat, aimable. Et une mère encore jeune et optimiste, malgré la prédiction de Paco Rabanne – qui fut un temps l'un de ses couturiers préférés – sur la fin du monde le 31 décembre 1999. Dans cent soixante-dix jours exactement.

Elle se demande quand même si elle ne devrait pas liquider son assurance-vie. Pourquoi la conserver si on doit tous y passer, s'interroge-t-elle, et ne pas faire la fête tous les jours, ou au moins se faire plaisir tous les jours ?

Et pourquoi je devrais retourner à l'école en septembre si c'est la fin du monde à Noël ? demande Hector.

Et moi, pourquoi n'aurais-je pas connu une grande, immense et dévastatrice passion, avant les cendres.

*

Je travaille dans un lycée professionnel. Je suis une sorte de régisseuse – on doit dire *gestionnaire adjointe* maintenant, selon les nouvelles directives. Je sais qu'on me surnomme *la flic*. Parfois même, on me promeut *sale flic*. J'achète les fournitures de l'école. Je fais les appels d'offres pour la cantine. Je m'occupe de faire rédiger les flyers et les petites brochures qui nous présentent, qu'on empile sur les tables dans des salons d'étudiants, des foires à l'emploi et autres kermesses consacrées à découvrir ses « talents d'avenir », et qui finissent par terre – parce que mettre un papier dans une poubelle est devenu un geste trop complexe. Je surveille les horaires de certains. Les indélicatesses des autres qui confondent sans vergogne les réserves avec un libre-service gratuit, surtout aux périodes de rentrées scolaires. Je négocie les tarifs du téléphone, des rames de papier, du papier toilette, du savon, des produits pour lessiver les sols, des balais, des seaux, des ordinateurs, des recharges d'encre, des clés de dix, de douze, de quatorze, pour les petits génies du cours de mécanique, du shampooing pour les apprenties shampooineuses, toutes des futures Miss France, et des lampes basse consommation.

Je n'aime pas ce que je fais.

J'étais faite pour les mots, pour les phrases qui transportent, pour les ailes qui s'ouvrent. J'étais faite pour le merveilleux d'une vie ; de celles qui finissent sans regret.

Oui, je n'aime pas ce que je fais. Mes journées ont le parfum poussiéreux et étouffant de l'ennui. Mais après que le père d'Hector fut parti, froidement, sans rien emporter, absolument rien – comme si tout ce que j'avais pu toucher, acheter, caresser, lire, écouter, convoiter, était contaminé –, il m'avait fallu trouver un travail rapidement. Accepter le premier poste possible. Celui-là.

Mon mari m'avait quittée.

Il s'était levé, m'avait souri, un sourire très doux, je m'en souviens. Une très courte phrase s'était échappée de ses belles lèvres.

C'est fini.

Puis il s'était dirigé vers la porte de notre maison, il n'avait même pas attrapé son manteau malgré le froid et la pluie, et il était sorti. Il avait dépassé notre voiture, sans se retourner. Je l'avais regardé, pétrifiée, assassinée. Je n'avais même pas eu la force d'un cri. D'une révolte. D'un geste de misère. Puis sa silhouette s'était évanouie, et j'étais restée longtemps à fixer l'endroit de la volatilisation de celui qui devait m'aimer toujours, quoi qu'il arrive, et à qui j'avais donné un fils.

Quelques jours après, j'étais allée au commissariat signaler la disparition de mon époux. Un homme de quarante ans. Brun. Assez beau. Un pantalon beige, une chemise blanche ce matin-là, je crois. Non, aucun signe particulier. Ils avaient souri, sans méchanceté ; juste à cause de l'effarante banalité.

La honte m'avait fait baisser les yeux.

Il n'avait pas reparu non plus à son bureau, au Crédit du Nord, 8 place Rihour, à Lille, où son patron me confessa ne rien savoir. Que c'était une nouvelle défaite pour lui – sans que je comprenne ce qu'il avait voulu dire.

J'avais appelé nos quelques amis communs qui, eux non plus, n'avaient aucune nouvelle. Quelques-uns s'étaient voulus rassurants, mais leur optimisme n'en avait été que plus terrifiant.

Et puis le temps avait passé et l'espoir de le revoir s'était lui aussi envolé.

Je fus donc amputée d'un corps qu'on ne retrouva pas. J'enterrai nos années ensemble dans un cercueil vide. Je n'eus aucune tombe où me recueillir. Aucune pierre où graver un chagrin.

Hector a passé la première année de la disparition de son père chez ma mère parce que je pleurais chaque jour. Parce qu'être quittée sans savoir pourquoi rend folle. Parce que ne plus être choisie, être reniée est un avilissement. Parce que la lame du couteau à viande entaillait mes avant-bras le soir, dans la cuisine, et mes cuisses la nuit, parce que ma douleur s'écrivait à même ma peau, et qu'elle était bavarde, et qu'elle était intarissable, et qu'elle était complexe.

Plus tard, j'ai noyé ma peine dans les bras de quelques hommes. Et mon chagrin des hommes a commencé là.

Je m'égarais en ceux qui ne demandaient rien, ne posaient aucune question sur mon oui si facile désormais, mon sexe si facile, ma bouche si facile, sur ces sillons de mots sur ma peau, sur ma tristesse, même lorsque je jouissais, et que, pour un instant, j'aurais tout donné pour qu'ils me pourfendent.

Et puis Hector est revenu vivre avec moi. Il a continué à voir le psychologue une fois par semaine, et aujourd'hui encore. Nous n'avons pas cherché à comprendre. Un jour, il m'a dit que son père était comme les étoiles filantes : on les voyait, et puis soudain on ne les voyait plus ; ça ne voulait pas dire qu'elles avaient complètement disparu, qu'elles s'étaient effacées, non, elles existaient, quelque part. Dans un monde sans nous.

Nous avons repeint la maison, changé de chambres, brûlé quelques meubles, nous en avons chiné de nouveaux, nous avons planté des fleurs au jardin : de l'achillée millefeuille qui, selon mon fils, signifie *remède pour un cœur brisé*, de l'aloès, *peine* et du gui, *je surmonte toutes les difficultés.*

Et enfin le rire est revenu. Un lent rayon de lumière qui faisait frissonner les ombres. Nous sommes retournés au Touquet, et nous avons essayé d'être une vraie famille. La crêperie de la rue Saint-Jean, les chocolats du Chat Bleu, les toboggans vertigineux de l'Aqualud, la soupe de poisson de chez Perard, les balades en rosalie, et les longues parties de Monopoly en fin d'après-midi, lorsque le vent se lève et fait tanguer les brise-lames.

Et le dernier 14 Juillet du siècle est arrivé.

Je dansais depuis près de deux heures, et j'étais étourdie. « Tant de baisers perdus/Par trop mangé, trop bu/Par trop fumé », comme l'avait écrit Françoise Hardy.

Sur la digue, après une longue salve de chansons à rythme, l'orchestre avait entamé les premières notes de *Hors Saison*, le nouveau tube de Cabrel. Quelques corps profitaient de la langueur de la mélodie pour se rapprocher, se coller et se fondre, entamant des préliminaires qui exciteraient les peaux, les sexes, avant de se goûter, se dévorer, dans l'obscurité froide des dunes ou les chambres humides des locations du bord de mer.

J'avais dansé avec quelques hommes, mais n'en avais laissé aucun s'insinuer.

J'aurais pu, pourtant. Je n'avais plus de mari ; juste le souvenir d'une disparition douloureuse, une solide méfiance désormais dans les promesses des hommes, ainsi que cette conviction que seule la passion mérite de s'y brûler – l'amour n'étant qu'une invention tiède pour ceux que justement la passion ignore.

J'aurais pu, pourtant. Mon fils Hector était avec ma mère dans notre appartement de la rue de Paris, sans doute sur le balcon à cet instant, une couverture légère sur les genoux (je connais ma mère), un bol de chocolat chaud à ses pieds, en train de guetter les premiers feux d'artifice. Ils ne m'attendaient pas. Ils se coucheraient après le chocolat et le Grand final, des étoiles jaunes, rouges et vertes dans les yeux.

Mon malheur des hommes me faisait parfois en suivre quelques-uns. Ceux qui ne parlaient pas, qui ne demandaient rien, ne voyaient jamais plus loin que l'heure à venir ; la chair crue, la peau nouvelle, les cuisses moites, mon impasse humide ; les griffes qui lacèrent, les ongles qui marquent, qui écrivent la peur ou la jouissance. Jamais de seconde fois. Juste le vertige de la première ; ce lieu de tous les possibles, de l'impudeur féroce, et du désespoir vorace.

Je me suis éloignée des danseurs, j'ai laissé la musique derrière moi, les mots mélancoliques du chanteur lot-et-garonnais.

Une ville se fane
Dans les brouillards salés
La colère océane
Est trop près

J'ai allumé une nouvelle cigarette, la fumée s'envolait dans la nuit, dessinant de minuscules nuages ; je les suivais des yeux jusqu'à ce qu'ils s'évanouissent, comme on suit du regard, longtemps encore, même après qu'il eut disparu, quelqu'un qui vous quitte.

Je marchais sur le sable froid vers la mer, mes chaussures à la main. Elle était loin, plusieurs kilomètres sans doute ; mais sa mélopée sourde et répétitive semblait toute proche. Enfant, j'adorais marcher jusqu'à la mer, la nuit. Une ou deux fois, avec les petites voisines de la résidence, et la bienveillance d'une mère, nous avions eu l'impression d'aller au-devant d'un monstre endormi.

Mais les monstres ne dorment jamais. C'est justement la nuit qu'ils volent les petites filles, et les démembrent.

Les premières rosaces multicolores ont fleuri dans le ciel noir, plus au nord, vers Hardelot ; la mer en captait quelques fragments éphémères, des gouttelettes d'émeraudes, de rubis, d'aigues-marines, qui fondaient à peine posées sur l'eau.

Je frissonnais ; l'air était frais et le vent d'est s'agitait.

J'avançais vers la mer quand soudain, de la plage du Touquet, furent tirés les premiers feux d'artifice. Le vent m'apportait les *oh* et les *ah* enfantins et émerveillés. Je souris. Les cascades flamboyantes éclairèrent la plage, pour quelques secondes, dessinèrent le chemin qu'il me restait à parcourir jusqu'à l'eau. Je me souvins des bains dans la gueule du monstre ; nous en sortions bleues, tremblantes, mais vivantes.

C'est dix minutes plus tard, alors que l'on s'approchait du Grand final, qu'une immense gerbe d'étoiles dorées et argentées me révéla furtivement ce qui me semblait être un corps, allongé, à la lisière de l'eau ; un corps comme un rocher sombre, immobile, incongru.

Je pensai aussitôt à un fêtard que l'alcool avait commandé, qui avait voulu prendre un bain de minuit et que l'ivresse avait fini par assommer, par abandonner, là, inutile et perdu.

Je m'approchai, prudente, mais curieuse.

— Vous m'entendez ?

Dans le ciel, une éphémère gerbe d'or illumina le corps. C'était celui d'un vieil homme, comme un arbre décharné ; les mains pâles, presque violettes, les doigts plantés dans le sable, comme dix petites racines.

Je m'arrêtai à deux pas de lui, et répétai :

— Vous m'entendez ?

Le corps ne bougeait toujours pas. Un pied était couvert d'une chaussette, l'autre était nu. Un pantalon informe – mais visiblement de belle coupe. Une chemise blanche que quelques coquillages et autres couteaux avaient lacérée. Il n'y avait pas de bateau au loin, aucune bouteille près de lui. Je fis encore un pas. M'agenouillai sur le sablon froid. Je n'osais pas le toucher. Ma main trouva un bâton et c'est avec lui que je tapotai son épaule. De plus en plus fort.

Je hurlai au moment même où il grogna ; un son glaireux, une pierre grasse qui plonge, une gorge engorgée.

Le Grand final du feu d'artifice me révéla alors son visage. Des joues creuses, des pommettes élégantes, aristocratiques. Sa peau avait une vilaine couleur. Je le tirai plus loin de l'eau – Dieu qu'il était lourd. Je l'allongeai sur le côté, couvris sa poitrine de ma veste légère et me mis à courir vers la digue, vers les lumières de la ville, vers les chansons.

Courir à en perdre la vie.

Ainsi, j'avais peut-être sauvé un homme. Un vieil homme.

Une fois sur la digue, j'avais pu prévenir les pompiers ; et les trois ou quatre volontaires qui n'étaient pas au bal avaient sauté dans leur gros camion tout terrain, m'avaient embarquée au passage afin que je leur indique où se trouvait le corps. Celui-ci n'avait pas bougé, bien sûr. La mer montante lui léchait les pieds maintenant ; et quelques vagues atteignaient ses genoux.

Les pompiers bondirent de leur véhicule, sortirent leur matériel de secours ; celui pour retenir le souffle, la vie. Leurs gestes étaient calmes et précis. En moins de deux minutes, le vieil homme fut déshabillé, enveloppé dans une couverture de survie ; un masque à oxygène fut appliqué sur son visage, une perfusion plantée dans sa chair bleue, parme par endroits, telle une dentelle usée à la corde. L'un des sauveteurs cria dans la radio, en donnant une série de chiffres ; tout semblait s'emballer. Je compris qu'un hélicoptère allait venir chercher le vieil homme pour le transporter jusqu'à l'hôpital. On massait le cœur du noyé. On tentait de le faire repartir. Les pompiers mendiaient une, deux, trois secondes de vie encore. Allez, allez, s'il vous plaît, restez avec nous. Restez, vous allez manquer le bal. Restez, il va faire beau demain. N'importe quoi, pourvu qu'il s'accroche. Le grondement de l'ogre qui remontait vers la terre couvrait à peine les imprécations des hommes, leurs efforts vains. Puis, au loin, on entendit celui, terrifiant, du rotor de l'appareil. Des rais de lumière, telles des lames de couteau, balayèrent la plage comme à la recherche d'un fuyard. Nous agitâmes les bras désespérément, et soudain il fut là, soulevant un voile de sable, une poussière de désert qui nous griffa les joues, les bras. Tout alla alors très vite. On eût dit un ballet, un boucan d'enfer, une danse de guerre, une petite fin du monde. Puis l'hélicoptère redécolla à vive allure, emportant le corps moribond, l'espoir des sauveteurs et mon envie de danser.

On me ramena à la digue où le mauvais mélange d'alcool et de désespoir faisait encore se trémousser quelques-uns. La plupart des fêtards étaient rentrés, le corps salé, les yeux gonflés, la solitude encombrante.

L'un des pompiers me parla d'hypothermie, de bradycardie, de gelures moyennes – les chances du vieil homme étaient minces, c'était une question de rapidité désormais. On l'avait envoyé au plus près, à l'institut Calot-Hélio, à Berck-sur-Mer ; à cet instant il était déjà aux urgences, on le réchauffait lentement, et on écoutait, on mesurait le langage exténué de son corps.

Le gros 4 × 4 rouge s'éloigna ; je repris le chemin de l'appartement.

Sur l'un des immenses parkings, je vis une famille en train de monter en voiture, la fille refusait de partir, pas encore. Quand sa mère, une femme fragile à la peau de porcelaine, presque diaphane dans la lumière du lampadaire, cria « ça suffit ! », la gamine, qui n'avait pas quatorze ans, haussa les épaules avec tout le mépris déjà d'une amoureuse blessée, avant de s'engouffrer dans l'auto. Je souris. Comme elle était loin mon enfance. Comme il était loin mon premier amour, plein de promesses, plein de possibles. Pourtant, il me revint que moi aussi j'avais eu ce même mépris désabusé lorsque j'étais rentrée ce fameux soir et que j'avais dit à ma mère : C'est fini, il part demain, je ne le verrai plus, je vais mourir. Elle avait murmuré, pour me consoler – parce que c'est le devoir d'une mère, la consolation : Personne ne meurt d'amour, ma chérie, personne. Ça n'arrive que dans les livres, et encore, dans les médiocres.

Alors, mon mépris mélancolique.

Hector dormait quand je suis arrivée. Ma mère, non. Elle lisait un livre dans lequel on ne meurt pas d'amour, dans lequel on s'efforce de vivre, coûte que coûte. Elle m'attendait.

Plus tard, dans ma petite chambre humide, sous les draps, je me suis caressée. Puis mordue, pour ne pas crier.

*

Le lendemain à l'aube, je suis partie pour Berck.

Je voulais avoir des nouvelles de mon noyé. Je voulais le rencontrer, découvrir son visage à la lumière, sans le sable collé à la peau qui dessinait des ombres intimidantes, des histoires inquiétantes. Je voulais savoir.

Je me suis présentée à l'accueil. Les infirmières étaient aimables. Mon noyé dormait. Son état était stable. Le pronostic vital n'était plus engagé. Je suis allée me chercher un café au distributeur bruyant, dans le hall, et je me suis assise sur un vieux canapé, usé par les inquiétudes, le corps las soudain, tel un parent accablé, résigné déjà. On me regardait en coin, tout comme je regardais les autres, qui attendaient eux aussi, qui espéraient, désespérés. Chacun se demandait, guettait les signes d'une douleur plus intense que la sienne, un chagrin plus grand qui rendrait le sien supportable ; chacun escomptait, et c'était comme une prière : on se promettait secrètement d'arrêter de fumer ou de boire ou de mentir, on était prêt à sacrifier une phalange, un doigt, une semaine de sa vie, ou deux, en échange d'une rémission, d'un miracle.

« Un jour, deux jours/Huit jours/Laissez-le-moi/Encore un peu à moi/Le temps de s'adorer/De se le dire/Le temps/De s'fabriquer des souvenirs/Mon Dieu, oh! oui/Mon Dieu! Laissez-le-moi/Remplir un peu ma vie!» chantait Piaf[1], mais nous n'écoutons jamais les paroles des chansonnettes, même lorsqu'elles nous préviennent.

Au moment précis où, après avoir avalé mon café, je tendais ma main pour poser le gobelet, mon cœur s'est arrêté.

*

Après ce dernier soir, cet été-là, celui de nos quinze ans, nous ne nous étions jamais écrit. Nous n'avions jamais cherché à reprendre contact. Ni à nous revoir. Nous nous étions quittés sans promesses, sans larmes, sans aveux, sans un dernier baiser. Il s'était levé, il avait époussté le sable de ses bras, de son short, et était parti vers la ville, sans se retourner – les garçons ne se retournent jamais, ils auraient trop peur de revenir. Et moi, je ne l'avais pas rattrapé – les filles ne courent pas derrière un garçon qui s'en va, elles auraient trop peur qu'il ne revienne pas.

---

1. Paroles de Michel Vaucaire.

Lorsque j'étais rentrée, ma mère m'avait dit que personne ne mourait jamais d'amour, mais je n'avais pas voulu la croire.

Mon cœur s'est arrêté, parce que malgré les années, malgré la lumière barbare des néons d'hôpital qui creusent les visages jusqu'à tous les enlaidir, malgré la cruauté du temps qui amollit les silhouettes, malgré la fatigue qui fait les yeux rouges, les teints ternes, les cernes disgracieux, l'usure qui rend le pas lourd, le pas lent, j'ai su que c'était lui, là, à quelques mètres de moi, dans sa blouse verte.

Je n'ai pas crié. Je n'ai pas bougé. Ma main n'a pas pu reposer le gobelet. J'étais pétrifiée. Perdue. J'aurais voulu un regard, celui de mon père sûrement, qui m'aurait dit quoi faire, qui m'aurait dit comment rester libre en cet instant, comment ne pas laisser le passé, les manques, le silence et tous les rêves étouffés me submerger. Comment maintenir à distance cette nostalgie qui me détruit, qui m'avilit – parce qu'elle ignore qui je suis devenue, sans elle justement, sans toi, hein, *Madame Nostalgie*[1], belle salope.

---

1. Paroles (et musique) de Georges Moustaki.

Mais Jérôme s'est retourné et il a souri et il a marché vers moi, et mon cœur s'est remis à battre.

Nous ne savions pas ; alors nous ne nous sommes ni tendu la main ni embrassés. Il m'a tout de suite proposé un café, et nous avons ri lorsque ma main fossilisée sur le gobelet en polystyrène s'est animée. Je me suis levée, prête à le suivre, alors qu'il ne me demandait rien. Tu as l'air fatigué. J'ai remis en place une mèche de cheveux ; j'ai sauvé un homme cette nuit. Il a souri ; moi aussi. Il a fait quelques pas, nous nous sommes éloignés des autres, des regards en coin, des soupirs douloureux ; plus loin, dans un couloir, j'ai posé ma main sur son avant-bras, doucement, tout doucement, sans pression, sans vocabulaire aucun, pour vérifier peut-être qu'il s'agissait bien de lui, comme on se pince quand on est enfant, pour s'assurer qu'on est bien vivant, qu'on ne rêve pas.

Quand j'ai murmuré *Jérôme*, il a murmuré *et tu as moi*.

Nous sommes descendus à la cafétéria de l'hôpital. À cette heure-ci, il n'y avait personne. Juste une employée, qui installait les piles d'assiettes, les couverts, les plateaux en plastique, au début du parcours de l'affamé ; et, là-bas, près des grandes baies vitrées, face à la mer, une femme âgée, coquette, qui tripatouillait une touillette, nerveusement, comme elle l'aurait fait avec un chapelet. Ses lèvres tremblaient, ses yeux brillaient.

Jérôme a attrapé une bouteille d'eau mais nous n'avions pas soif.

Tout ce que j'avais aimé de son visage y affleurait malgré la fatigue des années. Il était un peu plus rond, plus doux que dans mon souvenir ; quand j'aurais pu mourir pour lui, tout quitter et me perdre si l'un de nous avait osé alors les gestes qui amputent de l'enfance, et précipitent dans l'abîme de la vie d'adulte.

Nous nous sommes regardés longuement, davantage comme deux vieilles connaissances d'école, aimables et curieuses, que deux anciens amoureux impétueux ; et ce regard était tout à la fois notre gêne, notre émoi, notre échec et notre trahison. Il a soudain ouvert la bouche. Tu. Mais il fut incapable de poursuivre. Alors, par-dessus la table qui nous séparait, j'ai avancé ma main. Prudemment. Mes doigts ont touché les siens, se sont emmêlés, ont pris racine dans sa paume. Nous sommes restés longtemps silencieux.

Puis nos doigts ont dessiné des mots sur nos peaux. Ils ont évoqué nos souvenirs, nos peurs passées. Ils ont écrit nos curieuses retrouvailles.

Plus tard, il m'a emmenée dans la chambre où était soigné mon noyé. Son corps décharné ressemblait à celui d'une araignée – les perfusions en étaient les horrible pattes.

— Il s'est réveillé un instant, tout à l'heure, a dit l'infirmière. Il n'a prononcé qu'un mot. *Rose.*

Et puis sa tête avait glissé sur le côté, comme une larme. Un sillon de mercure.

*

Dans l'après-midi, nous nous sommes retrouvés à la sortie de l'institut. Il portait un short, une chemisette, sa peau était bronzée. Une douche avait lavé la fatigue, gommé les tourments de la longue nuit passée à sauver le vieil homme, à soigner quelques ivrognes du bal des pompiers, deux coups de couteau, une méchante chute de scooter qui avait fracturé une jambe en trois endroits.

Nous avons rejoint la promenade du Professeur-Debeyre, trois kilomètres de balade le long de la mer. Il faisait très beau. Là, sur la plage, les mères tartinaient de crème les corps pâles de leurs enfants, puis les leurs, en regardant si on les regardait ; alors leurs gestes se faisaient plus doux, presque intimes, et j'ai pensé à mon corps que je n'exposais plus au soleil, que je gardais couvert, même dans les ombres bienveillantes des chambres d'hôtel, des portes cochères, des âmes noires, bien couvert depuis que la pointe du couteau de ma douleur y avait écrit mon histoire, ma tragédie ordinaire, tous ces jours, toutes ces nuits, qui avaient suivi l'abandon de mon mari.

Jérôme parlait de lui. De sa vie. Il parlait vite. Parfois, nous évitions en riant un petit cycliste lancé à pleine vitesse sur la promenade. Une auto télécommandée. Il a raconté son déménagement l'année qui avait suivi notre été. Sa famille s'était installée près de Sophia Antipolis où son père avait trouvé un travail d'ingénieur. Ne me demande pas ce que c'est, dit-il, amusé. J'ai souri ; ça vient de l'ancien français *engigneor,* qui signifie constructeur d'engins de guerre. Nos regards ont coulé l'un vers l'autre. Une vieille complicité, soudain. Puis toute sa vie. Petite maison de village à Valbonne, près de la place des Arcades. Étés sur les plages de galets à Nice, à Saint-Laurent-du-Var, balades jusqu'à La Garde-Freinet, déjeuners en terrasse chez Sénéquier, les années où son père avait un bonus ; les cris hystériques au bord de la Méditerranée, à cause des méduses (Aurélie Moon et Pélagie, des noms de poisons, beaux comme des noms de fleurs) ; une fin d'adolescence joyeuse ; quelques affables amoureuses à la peau chaude, à l'accent chantant, aux rires clairs.

Ensuite, il était parti faire médecine à Toulouse, neuf ans d'études ; des bizutages, des blagues, des doutes, et des scènes au CHU dignes de certains épisodes de la série *Urgences*. Et puis une histoire d'amour. Constance, a-t-il murmuré, en savourant chaque syllabe comme une dragée, *Constan-ce*. Des enfants ? ai-je demandé. Mathieu et Zoé. Huit et cinq ans. Voilà. Vingt phrases, une vie entière.

— Et toi ?

Mon cœur s'est emballé. Moi ? Moi, j'ai connu la passion, j'ai connu la trahison, j'ai connu la violence des hommes, celle de leurs amours infimes qui s'éteignent à l'instant où on leur dit oui, à la seconde même où ils pénètrent, où leur couteau entaille ; j'ai connu l'envie de mourir d'amour à quinze ans avec toi, je ne m'en suis jamais remise, jamais guérie, je me suis égarée, perdue ; plus tard, au lycée, je me suis offerte au premier Jérôme que j'ai croisé pour pouvoir prononcer ton nom à ce moment-là, au moment de mon sang et de ma première frayeur de femme, *Jérôme, Jérôme,* je l'ai dit ton nom, oh oui je l'ai dit, je l'ai étiré tout le temps du mal que ce Jérôme-là me faisait, et je n'ai alors plus eu peur, plus eu froid ; et puis quand il s'est retiré, misérable, minuscule, je t'ai laissé partir, toi, l'immense amour de ma vie, je t'ai laissé partir doucement, comme une eau ; ton nom s'est envolé, puis a fondu sous la porte de la chambre et c'était fini, et j'ai pleuré, pleuré, et s'il est dit que le chagrin peut produire cent litres de larmes dans une vie, alors je les ai pleurées cet après-midi-là.

Mais non, je n'ai pas osé. J'ai juste répondu :
— Moi ?

Un adorable petit garçon, Hector, il a neuf ans, le papa est parti il y a quelques années.

Mais soudain, on l'a bipé. Le vieil homme venait de se réveiller. Il ne disait qu'un mot. *Rose.*

*

Je suis retournée au Touquet.

Je l'ai laissé avec ses urgences, les bips qui commandent, ce *Cons-tan-ce* dont il suce si joliment les syllabes, comme des petits galets ; je l'ai laissé avec son beau sourire, ses deux enfants parfaits. Il ne m'a pas parlé de son automobile, mais on imagine facilement un gros break Audi pour lui, une petite Fiat *vintage* pour elle et, je suppose, une adorable baby-sitter anglaise pour eux, pâle, rousse bien sûr (Brighton est à moins de soixante-dix kilomètres à vol d'oiseau) et un peu amoureuse de lui. Il ne m'a pas dit que je n'avais pas changé, que j'étais toujours jolie ; qu'il avait pensé à moi, parfois, souvent, et surtout à chaque été, à chaque 14 Juillet, depuis vingt et un ans, depuis nos baisers, nos mots nouveaux, audacieux et terrifiants, ces mots qui avaient le goût de nos bouches, le désir de nos doigts ; il a regardé son biper, il a dit on a besoin de moi, et il est parti.

*

Je suis retournée au Touquet.

Ma mère m'attendait, impatiente ; mon fils était enchanté. Sur la plage, à l'endroit où nous avions l'habitude de nous installer, à la hauteur de l'avenue Louison-Bobet, il avait construit un château. Il avait creusé les douves, un parcours de labyrinthe. Il était allé chercher, dix fois, vingt fois, cent fois, l'eau de la mer que le sable absorbait inexorablement comme un buvard, réduisant tous ses efforts ; il avait décoré le donjon de coquillages – amandes de mer, petites praires, mactres, bucardes et pétoncles. Lorsque je me suis assise à côté de lui, il m'a dit regarde, maman, c'est là que tu habites, dans le donjon, c'est là que les princes viennent chercher les princesses, et tu es une princesse, hein, mamie, elle est une princesse, maman ?

Et ma mère a souri, un sourire éteint, nostalgique de ces ravissements qui, semble-t-il, n'avaient jamais emporté – ignoré plutôt – les femmes de notre famille. Lorsque la mer s'est retirée, avec cette fausse élégance, l'air de congédier ses invités, nous avons plié nos coupe-vent de plage, rassemblé nos affaires, et nous sommes remontés vers la digue.

Une fois de plus, notre soirée fut banale. Une partie de Monopoly. Un chocolat chaud. Une histoire. Un câlin. Et lorsqu'il a été l'heure de coucher Hector, nous nous sommes retrouvées seules, ma mère et moi, et je ne veux pas que l'on comprenne « toutes seules » parce que nous étions à deux ; non ; je dis *seules*, au sens de deux

solitudes, la sienne, la mienne ; deux solitudes
considérables ; et avoir revu Jérôme aujourd'hui,
avoir silencieusement posé ma main sur son
avant-bras, avoir marché auprès de lui cet après-
midi avait délimité l'immensité de cette solitude,
le vide de ma vie, dans cette absence de lui, mes
possibles perdus. J'ai ouvert une bouteille de vin.
Ma mère, bien sûr : Tu es folle, ma fille. J'ai bu
le premier verre comme de l'eau. J'aurais aimé
boire avec lui, m'enivrer, tomber, tomber dans
ses bras. J'aurais voulu qu'il cesse de parler de
sa jolie vie tout à l'heure, sur la promenade, et
qu'il me regarde. Qu'il me reconnaisse. Qu'il se
souvienne de mes lèvres bleues qui tremblaient
lorsqu'il y a cueilli mon premier baiser. Qu'il
se rappelle la couleur de mon maillot de bain
– choisi pour lui, à Modes de Paris, rue Esquermoise à Lille, préféré entre tous pour épouser la
couleur de ses yeux, cacher aussi ma vilaine cica-
trice d'appendicite –, et la teinte de mes ongles
que j'avais peints pour la première fois en pensant
à lui. Un *rose dragée*. S'en souvient-il ? Arrête, a
dit ma mère, alors que j'allais me servir un nouveau verre de vin. Arrête. Et j'ai reposé la bouteille sur la table basse, je l'ai fait pour Jérôme ;
je l'ai fait comme ces promesses que nous nous

faisons dans les salles d'attente des hôpitaux ; dans les endroits perdus. J'arrête de fumer et il vivra trois mois de plus. Je ne mentirai plus et il se réveillera. Je repose cette bouteille et il prendra mon cœur. Prends, Jérôme. Prends ce que je t'ai offert il y a plus de vingt ans. Regarde. J'ai froid. Tu me fais peur, Isa, a dit ma mère. Tu devrais aller dormir.

*

Après la disparition de mon mari, il s'était mis à pleuvoir ; j'avais alors pensé que la pluie s'en mêlait elle aussi, qu'elle effaçait les traces de ses derniers pas ; gommait le chemin d'empreintes qui m'amputait de lui.

J'avais alors connu la noirceur des ombres, la pointe du couteau à viande ; mais je l'ai déjà dit.

Je ne l'avais plus jamais revu ; plus jamais eu de nouvelle. Juste une lettre, près de deux ans plus tard. Signée d'un avocat. Il nous avait laissé tout ce qu'il avait détesté de nous : la nouvelle maison d'Anstaing, toutes les choses qu'elle contenait, tous les souvenirs. J'avais paraphé les papiers, accepté le divorce, ri de ma défaite, de mon humiliation.

Lorsque Hector était revenu vivre avec moi, ma mère passait davantage de temps à la maison. Elle était inquiète ; oh, pas tant pour moi que pour mon fils. Elle le voulait solide, vivant. À lui, elle ne lui avait pas appris qu'on ne meurt pas d'amour ; elle lui avait enseigné le langage de quelques fleurs, parce que cela fait des hommes courtois, avait-elle professé, des hommes rares, et j'avais donc eu droit, pour la Fête des Mères, à un bouquet d'alyssons maritimes, *vous êtes plus que belle* ; pour mon anniversaire, du lin, *je suis sensible à votre gentillesse* ; et le jour de l'Assomption, des branches de tamaris, *comptez sur ma protection.* Il m'avait offert des châteaux de sable, des dessins de chevaliers, des poèmes aux rimes improbables ; et j'avais savouré ses dernières heures d'enfance, celles qui laissaient à penser qu'on sera toujours là pour sa mère, qu'on la protégera, l'aimera toujours, mais venait si vite le temps de l'adolescence et de l'effroi, ces branches qu'on coupe, ces premiers envols, ces premières et interminables chutes.

Je le regarde dormir.

Il s'est assoupi tout à l'heure, devant la télévision, alors qu'il visionnait *Le Château dans le ciel,* pour la centième fois. Sa peau est chaude et dorée. Il respire doucement. Parfois, il sursaute. Parfois, il sourit. Nous ne parlons plus de son père. Il en a fait une étoile filante ; quelque part au-dessus de nous.

*

J'ai déposé Hector (et ma mère) à l'Aqualud – il adore la rivière à vingt-neuf degrés et ses descentes en rapide, il adore hurler sa frayeur –, avant de retourner à l'institut Calot-Hélio, à Berck.

Les constantes du vieil homme étaient stables.

À part le mot *rose*, il n'avait rien dit d'autre.

Sur les douze mille huit cent cinquante-deux patronymes les plus courants dans le Pas-de-Calais, entre 1916 et 1940, les services de l'état-civil avaient trouvé, certes, cent trente-cinq Roose et vingt-huit Rosian, mais aucun Rose.

Les gendarmes étaient venus l'interroger, accompagnés d'un psychologue, et d'une traductrice anglaise, au cas où. En vain. Ils avaient montré sa photographie (on aurait dit le visage d'un mort) aux vacanciers sur la plage, dans les rues, les halls d'immeubles, au Chat Bleu, aux Mignardises – la crêperie de la rue Saint-Jean –, à l'aérodrome, au personnel du Casino du Palais, à celui du Westminster où un serveur du Mahogany, le bar de l'hôtel, avait hésité une seconde, et puis non, non, ça ne me dit rien, il passe tellement de monde à cette saison, tant de gens qui ne ressemblent à rien. Ou à tout le monde. L'ADN n'avait rien donné non plus. Aucune des compagnies de ferries transmanche n'avait signalé d'homme à la mer. Personne ne l'avait vu, personne ne le (re)connaissait, personne ne savait ce que ce vieil homme fabriquait au bord de cette mer glaciale cette nuit-là, en ce dernier 14 Juillet du siècle.

J'ai apporté une rose dont j'ai pris soin de faire ôter les épines, ce qui m'avait valu un regard un brin moqueur de la jeune fleuriste. C'est pour raccommoder un amour ? m'avait-elle demandé. J'avais souri. Elle est jolie votre question.

Oui, c'est ça. Je raccommode.

Dans l'obscurité tiède de la chambre, le vieil homme dormait, raccroché à la vie par les perfusions, comme autant de cordons ombilicaux. J'ai posé ma fleur sur sa poitrine et me suis assise près du lit. Je l'ai observé un instant, comme j'avais observé mon fils dormir, la veille. L'homme avait les mêmes sursauts parfois ; parfois les mêmes sourires. Puis j'ai regardé dehors, la plage immense, le sable d'un gris souris, les parents et leurs enfants malades, tordus, désarticulés, certains ne grandiraient plus, d'autres réapprenaient à marcher, à se tenir debout, ils plongeaient les mains dans le sable avec la même joie que ceux qui ne connaissent pas la souffrance, et sans doute les mêmes rêves. J'ai pensé à cette phrase de De Gaulle devant le corps de sa fille Anne : « Maintenant, elle est comme les autres. » J'ai pensé au mal que les enfants font parfois, sans le savoir.

L'été dessine toujours des vies aimables sur les plages. C'est quand il faut rentrer que les choses se compliquent. Quand on se promet de revenir, de se revoir. De ne jamais s'oublier.

Des cerfs-volants flottaient très haut dans le ciel d'un azur parfait, formant des étoiles multicolores. Là-bas, des cavaliers remontaient vers les plages d'Airon-Notre-Dame et de Merlimont. Au loin, des voiles gonflées dans la mer. Ici, des femmes qui sortent des goûters au chocolat. Là, quelques séducteurs en chasse. On aurait dit un Caillebotte joyeux.

Soudain, le vieil homme ouvrit les yeux. Et découvrit la fleur. Alors il sourit et, sans savoir pourquoi, son sourire me donna aussitôt envie de pleurer. Ses yeux clairs cherchèrent, me trouvèrent. Ses doigts si fins tentèrent de se saisir de la rose. Je l'aidai. Il la porta à la hauteur de son visage pour la humer.

À nouveau, son magnifique sourire triste.

Quand il parla enfin, sa voix était aussi fragile qu'un fil de dentelle très ancienne, sur le point de se rompre :

— Ah, c'est une *Eugénie Guinoisseau*, l'une de nos premières roses. (Il faillit s'étrangler. Je redressai l'oreiller derrière lui.) Regardez ce joli teint cerise pourpré, sillonné de reflets métalliques. Oh, merci, mademoiselle. Merci.

Il ferma les yeux – j'apprendrai bientôt qu'il ne les rouvrirait plus. Derrière ses paupières d'un gris de papier mâché, mille images semblaient défiler. Il m'offrit quelques mots, comme des fleurs. Ils formaient un curieux bouquet.

Bombes. Rencontre. Un amour/toujours. Charles Trenet. Cora Vaucaire. Armistice. Rose.

Un doux sourire s'installa sur son visage décharné, un incroyable sourire qui m'arracha mes dernières larmes lorsque je quittai la chambre.

Je n'ai jamais de chance avec les hommes.

*

J'ai la tête de celles qui perdent toujours ceux qu'elles aiment ; mais dans un hôpital, on ne la remarque pas.

J'attends ma boisson devant le distributeur bruyant, dans le hall, quand une main se pose sur mon épaule.

Jérôme.

— Viens, j'ai du bon café dans mon bureau.

Dans son bureau, mes larmes continuent de couler, intarissables et froides, tandis que l'amour fou de mes quinze ans se tient devant moi, immobile, incapable, noyé à son tour, alors je prends sa main, la pose sur ma joue, comme un mouchoir ; la pulpe de ses doigts est chaude et douce, il a des mains délicates, presque des mains de fille, et ma main guide la sienne sur les angulosités de mon visage, souviens-toi, Jérôme, de tes caresses, de leur langueur, du grain de ma peau, de son parfum, de ta main qui devenait moite lorsqu'elle effleurait ma poitrine, de ton souffle court quand ma bouche mangeait ton oreille ; écoute ta main d'homme ; je la guide sur mes lèvres, mes larmes redoublent à cause du sourire du vieux monsieur à la rose, un sourire d'amoureux m'apparaît-il à présent, comme une évidence, d'un amoureux apaisé, éternel, à moi qui n'ai connu que des promesses et des pertes, des rencontres sombres et violentes, où la sauvagerie était un bref langage ; je guide ta main, Jérôme, sur mon cou, sur ma gorge, et tu ne résistes même pas, et sur mes seins, et je te demande de les écraser, de me faire mal, sans douleur je ne sens plus rien, sans douleur je suis morte, et tes doigts obéissent enfin, et comme des griffes triturent et broient, m'arrachent un cri fugace, aigu, et c'est ce cri qui semble déchirer le cocon de ta politesse, de ta petite lâcheté ; tu ne te laisses plus guider maintenant, tes mains prennent possession, elles déchiquettent ; tes doigts pénètrent, indécents et vulgaires, tu deviens un animal, un étranger grossier, moi qui t'aimais tant ; tu n'écoutes plus que toi soudain, tu te sers, tu te repais tel un fauve assoiffé à un point d'eau, Dieu que ta *Cons-tan-ce* doit être ennuyeuse pour te laisser ainsi, tellement affamé ; et te voilà à me basculer sur ton bureau, des papiers se froissent, des stylos roulent, une lampe tombe, se casse, rien ne t'arrête plus, ton bon plaisir commande, tu ne me regardes pas, tu ne regardes pas mes yeux, tu ne caresses plus ma

112

peau comme tu le faisais en tremblant, autrefois, l'été de nous, derrière les cabines de plage multicolores, là où se cachaient les amants, quand ma peau t'évoquait du caramel sucré ; aujourd'hui, ton avant-bras est comme un pied-de-biche qui écarte mes jambes, ton souffle est rauque, tu entres en moi par effraction, tu ne vois pas le langage du couteau sur mes cuisses, tu ne lis pas mon histoire, tu ne déchiffres pas mon chagrin, tu baises tu baises et tu jouis vite et te retires aussitôt et remontes ton slip ton pantalon, honteux soudain de cet autre qui t'a échappé, qui a fait de toi, Jérôme, un monstre comme les autres désormais, un animal ordinaire, tellement banal, et tu n'as pas de mots après tout ça, puisque ce n'est même pas de l'amour, juste une immense tristesse, tu ne me regardes toujours pas, tu sembles perdu soudain, je te demande un mouchoir en papier, ma voix te fait sursauter, ta main tremble lorsque tu me tends de la gaze, tu n'as trouvé que ça ; tu baisses vivement la tête lorsque je m'essuie de toi qui coules de moi ; alors je me relève, couvre les sillons de mots sur mes cuisses, toute mon histoire, je ne pleure plus.

Je ne pleure plus.

*

Et ça a été le silence.

Il a ramassé les débris de son bureau. Il a fait couler du café. Il ne me regardait toujours pas.

On ne doit pas redonner vie à nos amours d'enfance. On doit les laisser là où elles sont : dans l'obscurité confortable des souvenirs. Là où les promesses ébauchées, les caresses imaginées, oubliées, la nostalgie des peaux, des odeurs, là où les rêves enfouis se bonifient et écrivent la plus belle des histoires.

Celle que rien ne menace. Celle qui n'est jamais arrivée.

Et comme il y a un dieu pour les lâches, on l'a bipé. Le vieil homme venait de mourir.

*

Jérôme s'est précipité et j'ai attendu dans le couloir, devant la chambre de mon noyé à la rose. Quand il est ressorti, il était pâle. Il semblait bouleversé. Je lui ai demandé ce qui s'était passé. Je ne sais pas, a-t-il dit. Aucune infection. Tout était normal, tout se stabilisait. C'est incroyable. Je crois, je crois qu'il s'est laissé mourir.

D'amour.

Alors j'ai pris ce grand corps d'homme dans mes bras, je l'ai serré contre moi, aussi fort que j'ai pu, et à cet instant, nous avons su tous les deux ce que nous avions perdu.

*

Je n'ai jamais revu Jérôme.

J'ai passé les quinze derniers jours de juillet sur la plage du Touquet à jouer avec Hector, à lire, à profiter de nous trois. Le soir, nous allions à la crêperie, au cinéma – nous avons ri avec *Astérix et Obélix contre César* et *Quasimodo d'El Paris* ; j'ai vu seule *La Fille sur le pont*, et j'ai trouvé Vanessa Paradis très belle. Hector a décidé de participer au concours de sculptures de sable, il voulait me représenter en Princesse, mais « allongée », maman, sinon, c'est trop difficile. Je devais parfois tenir la pose et, malgré les crampes, j'étais fière qu'il m'ait choisie. Il n'a pas gagné. On lui a cependant offert un tee-shirt, une casquette, un matelas gonflable, et il était heureux, même s'il ressemblait à une publicité pour de la glace à la vanille et aux pépites de chocolat. Nous n'avons plus parlé de la prédiction du couturier espagnol avec ma mère, de la fin du monde à venir, dans cent cinquante-neuf jours exactement. Nous savourions chaque seconde de la joie d'être une famille au milieu des autres familles, dans les cris, les jeux, les rêves brisés et les sourires, à la fin du jour.

Fin juillet, nous avons fermé l'appartement de la rue de Paris, nous sommes rentrés chez nous, à Anstaing. Et quand mon fils a déclaré que c'était bien de partir parce que c'était bien de revenir, j'ai compris qu'il grandissait.

J'ai profité du mois d'août pour préparer la rentrée du lycée ; tester toutes les lampes, vérifier que les extincteurs ont bien été vérifiés, contrôler le bon fonctionnement des toilettes, inspecter les produits d'entretien, compter les fournitures de bureau, m'assurer du chauffage, etc. Je m'apprêtais à retrouver mes journées poussiéreuses d'ennui. Hector passait ses derniers après-midi d'été chez son copain Kevin, à Sainghin-en-Mélantois, à cinq kilomètres de chez nous.

Un soir il est rentré pâle, le front froid. Il avait le même regard sombre que son père et j'ai alors compris que l'enfance le quittait tout à fait. Je lui ai demandé ce qui n'allait pas, s'il s'était battu avec son copain, s'il s'était disputé avec la sœur de Kevin. Je lui ai dit qu'une maman était là aussi pour les jours où on n'est pas un héros.

Il a inspiré profondément. Il a essayé d'être fort. Il est resté longtemps silencieux. Alors, j'ai su.

Les mères savent toujours – sauf pour elles-mêmes.

Il cherchait des mots de grand, mais les mots ne venaient pas. Ces mots-là auraient été les mots du premier chagrin, de la première fissure, avec un petit parfum de sang. Les chagrins ne se transmettent pas, ils se reproduisent.

Je me suis sentie soudain démunie face à mon petit garçon, devant sa première immense désillusion. Terrifiée de voir que la naissance de l'amour était toujours aussi déchirante. Toujours aussi cruelle.

La fin du monde n'a pas eu lieu. Les ordinateurs n'ont pas buggé ni fait tomber les avions, les satellites ou les étoiles, pas davantage que les morts qui nous manquent, et qui sont dans le ciel – normalement.

Dans les derniers jours de l'été, j'ai expliqué à mon fils que les chagrins d'amour sont aussi une forme d'amour. Qu'il y a du bonheur dans la nostalgie. Et qu'un échec amoureux n'en est jamais tout à fait un : il ouvre une nouvelle route vers soi et vers l'autre puisqu'une rencontre, ce sont deux destins qui se foudroient. Il m'a remerciée de lui mentir – il avait depuis bien longtemps deviné mes propres chagrins et mes nombreuses impasses. J'ai protesté. Il a haussé les épaules, il a murmuré un « maman » désenchanté, et ça m'a fait pleurer.

L'été suivant, nous sommes retournés au Touquet ; Hector commençait à s'y ennuyer, il voulait passer davantage de temps avec ses copains. Il s'éloignait, nos câlins s'espaçaient, il ne me bâtissait plus de château avec un donjon où un Prince viendrait me chercher. Je n'étais plus son modèle vivant. Il ne croyait déjà plus aux contes, ni aux mamans sauvées.

*

Sur la plage, quelques hommes me sourient, mais mon sourire prudent les maintient à distance.

Avec le temps, je me suis découverte apaisée. J'ai renoncé à la voracité des hommes et à mes impatiences, je n'ai plus laissé mes tourments écrire ma vie. J'ai compris ces paroles de chansonnette « On récolte l'ennui quand on a ce qu'on veut[1]. » Je suis enfin prête pour une histoire qui s'inventerait au jour le jour, je l'attends,

---

1. *Mon enfance m'appelle*, Serge Lama/Yves Gilbert.

je m'y prépare. J'ai fait mon deuil de mon rêve d'un amour si fort qu'on puisse en mourir – au fait, tu t'es bien trompée, maman. Je me suis mise à aimer ma vie, à aimer ce qu'elle pouvait me promettre, avec un homme peut-être, un jour – parce que la solitude n'est pas vraiment un produit de beauté.

Et, en ce premier été du siècle, comme chacun de ceux qui ont suivi jusqu'à aujourd'hui, je vais chaque après-midi au cimetière, boulevard de la Canche, dans la partie réservée aux inconnus. J'apporte toujours une Eugénie Guinoisseau que je pose sur la pierre, gravée au nom que la mairie s'est enfin décidée à lui donner.

Monsieur Rose.

Et dans la fraîcheur du soir, en attendant un peu de chance avec les hommes, Monsieur Rose et moi, nous parlons de l'amour.

JACINTHE

C'est à cause d'une poétesse aux rimes pauvres, au teint de porcelaine – mais une porcelaine si fine qu'elle en est presque bleue –, que je suis là, ce 13 juillet 1999, seule, au volant de ma voiture, sur la route qui conduit au Touquet où je ne suis jamais allée.

L'autoradio diffuse, pour la troisième fois depuis ce matin, la nouvelle chanson de Cabrel, *Hors Saison*. Les mots me semblent bien mélancoliques et froids pour une chanson d'été.

La mer quand même
Dans ses rouleaux continue

Les quatre saisons de l'été

Son même thème
Sa chanson vide « où es-tu ? »

Je préférais, dans la chaleur de mes trente-cinq ans, dans l'appétit alors de mon corps retrouvé, ferme enfin, après trois grossesses, les mots idiots et affamés d'un certain Patrick Coutin :

J'aime regarder les filles qui marchent sur la plage
Quand elles se déshabillent et font semblant
[d'être sages
Leurs yeux qui se demandent mais quel est ce garçon

Mais le garçon que j'aimais, qui m'avait regardée marcher sur la plage, ce garçon devenu plus tard mon mari, puis le père de mes fils, ne me regardait plus.

Demain, j'aurai cinquante-cinq ans.

Je suis née le 14 juillet 1944. Une année bien remplie, qui occupe beaucoup de pages dans les livres d'Histoire. Parmi les bonnes nouvelles de cette année-là : Anouilh fait jouer *Antigone* au théâtre de l'Atelier, en pleine Occupation ; Pierre Brossolette préfère le suicide aux aveux ; en Normandie, le 6 juin, cent trente-deux mille soldats alliés débarquent ; Patton entre à Dinan,

126

puis à Vannes, puis à Dreux, puis libère Chartres
– sacré Patton tout de même ; Leclerc libère
Paris et de Gaulle y lance son célèbre « Paris,
Paris outragé ! Paris brisé ! Paris martyrisé ! Mais
Paris libéré ! » ; Lina Margy chante *Ah le petit
vin blanc*, et Aragon publie *Aurélien*. Au rayon
des mauvaises : Desnos et Malraux sont arrêtés ;
trente-cinq résistants sont fusillés à la Cascade du
bois de Boulogne ; six cent quarante-deux personnes sont massacrées à Oradour-sur-Glane ;
le dernier train de déportés quitte Drancy pour
Auschwitz ; on compte dix mille autres tragédies
encore, qui remplissent dix mille livres.

Il y a cinquante-cinq ans, mes parents m'ont
prénommée Monique. C'était dans l'air du
temps, comme Marie et Nicole ; mais j'ai toujours pensé qu'il y avait une part de sadisme à
prénommer Monique un nouveau-né tout rose.
J'aurais préféré quelque chose de moins piquant,
de plus doux, de plus féminin. Quelque chose
de sucré dans la bouche d'un homme. Comme
Jeanne. Ou Liliane. Ou Louise.

Demain, je m'appellerai Louise.

*

Je souris, dans la voiture, en pensant à ce *Hors Saison*. HS.

Ça me fait penser à *Hors Service*, et je me demande si ce n'est pas moi qui suis *HS*. À mon âge.

Je me demande si, en me regardant marcher sur le sable aujourd'hui, avec le ventre plus lourd, les muscles moins élastiques, moins nerveux, l'affamé pop chanterait toujours « Leurs poitrines gonflées par le désir de vivre/Leurs yeux qui se détournent quand tu les regardes ». Cela dit, malgré un amant de jeunesse ignare et maladroit, malgré les allaitements, les gerçures, malgré cette épouvantable loi universelle de la gravitation, j'ai encore quelques arguments question poitrine.

Sur la route, il y a un monde fou. Des ralentissements brusques.

Mais je ne peste pas. Dans l'air flottent des odeurs de goudron, de guimauves et de tabac mêlés ; des promesses d'enfance, de vacances.

Au Crotoy, les panneaux indiquent Le Touquet, cinquante-trois kilomètres. J'y serai dans moins d'une heure. Et dans un peu plus d'une heure maintenant, je serai dans la chambre que j'ai réservée pour deux nuits à l'hôtel Westminster, en train d'essayer mon nouveau maillot de bain noir. Une coupe de qualité, un dessin habile, et une échancrure audacieuse à la poitrine. Il faut profiter de ce qu'on a, disait ma mère. Je commanderai du champagne ; du rosé de chez Taittinger, tiens ! Bien glacé. Je tournerai sur moi-même, comme Peggy Sue avec sa robe de bal argentée.

Je laisserai les bulles éclore sur ma langue, sous mon palais ; elles formeront des lettres, elles composeront une phrase qui me chuchotera que je suis encore jolie et désirable. Baisable surtout, puisque depuis quelques années mon mari m'en a fait douter.

Une belle phrase qui me persuadera qu'un homme pourrait pour moi redevenir animal, retourner avec moi à la source, à l'époque du feu et des urgences impolies qui sont le sel même du désir.

Face au grand miroir de la chambre, mes mains caresseront mon ventre, mes doigts pinceront ma chair, avec bienveillance. Et je rirai et mon rire me rendra plus belle encore, je le sais. On me l'a toujours dit.

Demain, je serai Louise.

*

129

Les quatre saisons de l'été

Demain, il me faudra aussi affronter les monstres. Les corps parfaits – quelle horreur. Ces corps aux poitrines impeccables par la grâce de la jeunesse ou à l'aide d'un bistouri. Ces corps magnifiques, évadés des magazines du printemps, des pages glacées, ambrées, et qu'on retrouve maintenant aux bords de mer, sur le sable, à quelques mètres de nous, de nos hommes, de nos ventres flous, blessés. Ces corps aux jambes interminables exhibées aux terrasses des cafés, sous des jupes légères, comme ces « compas qui arpentent le globe terrestre en tous sens[1] ». Ces corps de rêve qui ne cessent de me rappeler, comme autant de gifles, de quoi, la cinquantaine passée, nous sommes privées ; de quoi la vie, les enfantements, les années, le temps méchant et les douleurs secrètes nous ont dépouillées. Et puisque mon mari ne le voit plus, j'exposerai mon corps aux yeux des chasseurs, des sauvages et autres prédateurs, que la chair même de l'été rend cannibales. Je leur offrirai mon corps de mère, d'amante lointaine, en espérant qu'il sera dévoré comme les autres.

---

1. Charles Denner, dans *L'Homme qui aimait les femmes,* de François Truffaut.

Jacinthe

Je sais bien que j'ai le corps de mes batailles.
Quelques dessins de ronces au bas du ventre
– mes trois fils étaient lourds. Quelques veines
qui affleurent sur le haut de mes cuisses. Des
callosités aux pieds. Mais ma silhouette est restée gracieuse, mon visage joli – j'en prends soin
depuis longtemps, j'ai protégé ma peau des dom-
mages du temps, de trop de soleil et du tabac
qui la rend grise et sèche. Et parfois, récemment
encore, seule, ou même en compagnie de mon
mari, il arrive que des hommes me sourient,
que leurs sourires soient un compliment, une
caresse, et que leurs regards s'attardent sur mon
dos après mon passage. Alors il me semble soudain retrouver l'âge des braises et du feu, moi
qui ai désormais celui de la tendresse, ce minuscule attachement que m'offre mon mari après
les tumultes de la passion. J'ai été aimée ; un peu
avant lui, beaucoup avec lui ; une histoire de
plus d'un quart de siècle. Un amour important,
au début. Ample. Et puis très vite trois enfants.
Des milliers de rires. Quelques frayeurs : deux
accidents de vélo, un avec une mobylette volée,
un menton ouvert jusqu'à l'os, une allergie aux
œufs, une boule à zéro, des chutes d'un pom-
mier, quelques-unes d'un premier étage, une

interminable scarlatine, un baccalauréat raté à un demi-point, un enfant perdu sur une plage un 15 août, une phalange d'auriculaire arrachée par un teckel furieux, deux dents cassées et trois premiers chagrins d'amour.

Nos enfants ont grandi trop vite.

J'ai prodigieusement aimé être leur maman. M'occuper d'eux, me laisser guider par les gestes ancestraux : caresser, soigner, faire la cuisine – j'avais créé une pizza *maison* et quelques crêpes *créatives* qui les rendaient fous –, choisir leurs vêtements, raconter des histoires le soir, faire les câlins, écouter les confidences, pleurer avec eux, faire rire, et même appeler les pompiers, ce jour-là, lorsqu'il avait fallu décoller une main du mur de la cuisine, et cet autre, pour dégager un index tout bleu et tout gonflé du goulot d'une bouteille.

Nos étés avaient été au sud. Saint-Raphaël, La Garde-Freinet ; Saint-Tropez une année – mais nous avions tous détesté. Nous louions des maisons pour un mois ; mon mari restait quinze jours, retournait à ses chantiers ou à sa table, et revenait les week-ends. Les enfants passaient leurs journées à la plage avec moi, puis, plus tard, à l'heure de l'adolescence, de la voix qui mue, des premiers poils et autres disgrâces naissantes, ils disparaissaient les après-midi entiers. Ils rentraient le soir avec des discours chargés de bières ou de Monaco, du gloss à la fraise sur la bouche et une odeur de tabac blond dans les cheveux, les joues rouges souvent, les jambes tremblantes parfois. Alors je me sentais fière d'eux et envieuse de leurs élans, nostalgique des miens, et désolée que cela arrive si vite, l'âge d'homme.

Ils sont grands désormais. Ils ne passent plus l'été avec nous. Nous ne partons plus en famille. Ils ont leurs plages à eux, d'autres draps le soir, d'autres bras, d'autres ombres aussi, sans doute d'aimables petites hontes ; mais ils ne m'en parlent pas. Ils doivent me trouver trop vieille pour ça.

*

Après les enfants, est arrivé tout ce que les hommes ne peuvent pas comprendre.

L'incommensurable mélancolie. Les bouffées de chaleur. La prise de poids. Le dessèchement de la peau. Les maux de tête. Les troubles de l'humeur. Cet interminable chagrin à faire mon deuil de mon corps qui avait été capable de fabriquer des enfants, de mon ventre qui s'éteignait à la vie ; et qui n'était plus là désormais que pour le plaisir, m'avait encouragée ma gynécologue. Le plaisir, justement. Que mon mari ne comblait plus.

Ensuite, les étés à deux avaient été plus courts. Plus loin. Une île, à quinze heures d'avion. Un chalet, dans une montagne fantomatique, au cœur de l'Europe. Un bout de la Route 66, de l'autre côté de l'Atlantique. Rien, surtout, qui aurait pu nous rappeler nos étés heureux. Les odeurs des pins ou de la lavande. Les repas interminables et joyeux. Les hurlements, à cause des guêpes qui s'invitaient à table.

Après toutes ces années de joyeuses cacophonies, nous nous étions retrouvés dans un insupportable silence, mon mari et moi.

Le soir, je montais tôt.

Le soir, il lisait tard.

Nous étions inconsolables.

Certaines nuits, dans notre lit, je me souvenais de nos mots anciens. Ceux de nos appétits premiers, qui m'étourdissaient ; ceux de nos petites avidités ; de nos gênes émouvantes et de mes demandes effrontées. Alors je les prononçais pour moi-même, ces mots disparus. Ils volaient un instant dans l'obscurité de la chambre, puis venaient se poser sur ma peau, et ma chair frissonnait, et mes manques me rongeaient, comme des termites.

C'est à l'époque de ces mots enfouis que j'avais rejoint un petit club de poésie à Sainghin-en-Mélantois, à quelques kilomètres de chez nous. À mon âge, je pensais qu'il était plus raisonnable d'envisager une carrière de poète, que de dénicher un premier emploi, fût-il de technicienne de surface chez Auchan ou de surveillante de gymnase municipal.

Le club était animé par une autre « mère au foyer », une femme à la peau diaphane, de santé fragile murmurait-on, que son propre sang avait failli empoisonner. Elle écrivait des vers que son mari, un banquier, faisait éditer à compte d'auteur ; des petits opuscules qu'elle déclamait un après-midi par mois, dans le salon de leur grande maison sainghinoise. Les lectures étaient généralement accompagnées de thé et de gâteaux de chez Meert, le célèbre pâtissier de Lille. Et si nous ne nous régalions pas toujours des sonnets, des enjambements audacieux, de quelques paronomases, nous nous délections toujours des pâtisseries qui, sans nul doute, relevaient de la vraie poésie, celle qui fait rimer *Mousse au chocolat et dragées* avec *Brochette de guimauve et fruit frais.*

Je m'étais essayée par jeu à quelques sizains (trop dur), avais alors tenté quintils et quatrains (idem), pour finalement réussir, m'avait-il semblé, quelques distiques ; mais ils n'avaient pas été du goût de la poétesse pâle.

— Vous n'êtes pas comme mes autres élèves, Monique (je n'étais pas encore Louise). Vous... vous n'êtes pas comme moi. Nous, nous écrivons nos vers parce que nous serions bien incapables de les vivre, nous sommes trop peureuses, trop résignées déjà. Alors que vous, vous êtes faite pour la passion, pour les abîmes qui rendent les femmes tellement vivantes. Il y a quelque chose de russe en vous. Victoire, ma cadette, est comme cela. Elle n'a que treize ans et déjà, je la devine capable d'exaltations brûlantes, de souffrances et de paradis. Partez, Monique, ne couchez pas vos manques sur du papier ! Partez, vivez la passion, brûlez-vous, partez et perdez-vous ; c'est dans la perte qu'on se trouve.

Jacinthe

Elle avait paru soudain épuisée – trop de mots, sans doute. Trop d'aveux déjà.

— Allez vous perdre au Touquet, là-bas la mer se retire comme un drap, comme une impudeur. Et puis je sais qu'on y trouve encore quelques gentlemen.

Ce soir-là, nous avions longuement parlé, mon mari et moi. Je lui avais raconté mes vides et mes désirs. Il avait écouté. Il avait protesté. Nous avions bu une bouteille de vin, une de celles qu'il gardait pour les « grandes occasions ». Puis nous étions tombés d'accord, entre larmes et rires. Et ce 13 juillet 1999, je suis partie, à cent quatre-vingts kilomètres de chez nous. Seule.

Là où la mer se retire. Comme un drap. Une impudeur.

*

Me voilà au Touquet. Encore un chapelet de voitures, de vélos, de rosalies, sur la longue route rouge de la forêt. Des maisons cachées de part et d'autre, des rires, des bruits d'eau, des odeurs de feux. Quelques milliers de mètres à patienter, et l'immense Westminster, tout en briques rouges et balcons blancs, apparaît.

Les quatre saisons de l'été

Il est 18 heures, et à en croire Nostradamus, la fin du monde est imminente :

L'an mil neuf cent nonante neuf sept mois,
Du ciel viendra un grand Roi d'effrayeur
Ressusciter le Grand Roi d'Angoulmois
Avant après Mars régner par bonheur

Dans la chambre du Westminster, sur la petite table, un bouquet de cinq jacinthes rouges avait été planté dans un joli vase.

Je souris.

Ça avait commencé.

Jacinthe, je connais. Cette magnifique fleur à bulbe était apparemment apparue en Grèce. La mythologie racontait qu'elle était née du sang d'un jeune homme, Hyacinthe, tué par Zéphyr lors d'un lancer de disque. Apollon, peiné par cette tragédie, aurait fait naître une jacinthe rouge du sang de Hyacinthe, pour qu'il puisse revivre éternellement.

On dit aussi qu'une jacinthe rouge signifie : *voulez-vous jouer à l'amour ? – avec une pointe d'érotisme.*

Jacinthe était aussi le prénom, bien fané aujourd'hui, d'une sainte du XVIIe siècle, une clarisse de Viterbe, entrée au couvent pour satisfaire ses parents, où elle mena une vie scandaleuse pendant plus de dix ans.

Scandaleuse.

*

Comme prévu je me fais monter une coupe de Taittinger rosé – bien glacée. Puis j'essaie à nouveau mon nouveau maillot de bain. Dans le grand miroir, je contemple ma poitrine, mes longues jambes fines, mes fesses, mes hanches. Je pince ma chair gourmande. Et je ris, et mon rire, je le sais, est clair et beau.

Les bulles du champagne me soufflent de jolies phrases ; et quelques autres, qui me troublent.

Plus tard, je m'habille d'une courte robe noire ; mes jambes comme un compas qui vont pouvoir arpenter le globe oculaire des hommes, en tous sens.

Jacinthe

Oui, mon cœur s'emballe lorsque je pénètre dans le bar tamisé de l'hôtel. Le Mahogany. Beaucoup de monde, beaucoup de bruit. J'ai soudain l'impression que ma robe est inconvenante. Mais le sourire de certaines énamourées me rassure : des portes qui s'ouvrent, des promesses vertigineuses, des indécences. C'est l'été, il fait sombre et l'alcool déshabille les pudeurs. Les maris sont loin et les femmes sont seules.

Il n'y a plus aucune table de libre. Là, un peu à l'écart, un couple de petits vieux, assis côte à côte, sirote un verre de porto. Ils se regardent amoureusement. Leurs doigts, des petits orvets arthritiques, se frôlent, s'épousent, et j'ai soudain un peu de mal à respirer parce que je devine là une immense histoire d'amour, une de celles dont on rêve toutes, mais qui n'arrive jamais, ne laissant à la place que l'amertume d'une vie minuscule. On vit toujours des amours trop étriquées.

— Vous ne vous sentez pas bien ? me demande la vieille dame.

Elle a des yeux clairs, doux. Je balbutie :

— Si. Je.

— Asseyez-vous un instant, me propose-t-elle, il fait si chaud ici.

Alors je m'installe dans le seul petit fauteuil libre, face à eux. Il a des yeux clairs lui aussi, des joues creuses, des pommettes hautes, élégamment dessinées. Ils ont fini par se ressembler. Ils sont beaux tous les deux. Je ne peux m'empêcher de le leur dire. Elle écarte mon compliment de la main en riant.

— Ce n'est pas nous, dit-elle, c'est ce que nous avons vécu qui est beau. Même nos orages étaient beaux. Voulez-vous un verre d'eau ?

Je fais signe que non. Merci. Je suis fascinée par eux.

— Excusez-moi d'être indiscrète, vous êtes ensemble depuis longtemps ?

Cette fois, c'est lui qui rit.

— Vous nous trouvez si mal assortis ?

— Non. Bien sûr que non. Au contraire. Vous vous regardez comme si vous veniez de vous rencontrer.

— Ah, ça fait plus de cinquante ans qu'on se rencontre tous les jours, intervient-elle, malicieuse.

Soudain, ils sont là, tous mes manques. Dans les quelques mots de cette femme, dans leurs regards, dans leur amour infini. Je me lève.

— Ça va mieux maintenant. Merci.

Jacinthe

Je m'éloigne. Sonnée.

Un serveur me propose de prendre place au bar.

Je me hisse sur l'un de ces tabourets de cuir rouge où, bien avant moi, Tamara de Lempicka, Marlène Dietrich, Gloria Swanson, ou, plus récemment, Lou Douillon, Charlotte Rampling et Carole Bouquet se sont assises, fatales. Je croise les jambes, lentement. Un ralenti de cinéma. Je ne m'étais jamais tenue comme cela auparavant. Aussitôt, je rougis. Le barman me tend la carte des cocktails. Rien que les noms des ingrédients me font tourner la tête[1]. J'hésite depuis plusieurs minutes, lorsqu'une voix d'homme chuchote, tout près, dans mon cou :

— Oubliez tout ça. Il n'y a que le champagne qui vous aille.

Je frissonne. Mon Dieu, cela arrive si vite. Comme l'appétit des hommes est insatiable, et leur urgence à posséder parfois si peu flatteuse. Instinctivement, je tire sur ma robe, pour la rallonger – un vieux réflexe de *feu* Monique. J'aime

---

1. *Avelinos* (hydromel, liqueur de cassis d'Avelin, cidre brut), *La Fraitise* (genièvre de Houlle, crème de bêtises de Cambrai, liqueur de fraises des bois), *Canneloos* (rhum, jus de poire, sirop de spéculoos), *Le Planteur du Nord* (rhum, hydromel, jus de poire, sirop de pain d'épices).

143

bien cette voix. Chaude. Grave. Bien posée. J'aime les mots qu'elle vient de prononcer. Précis et volontaires. Des mots de connaisseur. Lorsque je me retourne, lentement, pour découvrir son visage, il a disparu. Sans doute n'a-t-il pas aimé ce qu'il a vu. Mes jambes. Ma silhouette. Mon âge.

Je commande une coupe de champagne.

Je voudrais qu'on m'aborde non pas parce que je suis seule, mais parce que je suis belle. Non pas parce que j'ai de l'expérience, mais parce que, justement, je ne sais rien.

Bien sûr ; plus tard, on est venu m'aborder. Pour me proposer de me joindre au groupe. Pourquoi pas aller dîner chez Perard, la soupe de poisson, paraît-il, y est exceptionnelle. Prendre un dernier verre ailleurs. Aller danser. Mais je ne veux pas de nouveaux amis, pas de tablées joyeuses, pas de séducteurs ni de danseurs empotés de bals du 14 Juillet, non. Je veux être subjuguée, kidnappée. Je veux être dévorée.

Mais les hommes sont aveugles.

Je veux cet ultime danger de femme. Celui qui fait croire à ce que disent les chansons : « Viens je te fais le serment/qu'avant toi, y avait pas d'avant[1]. » Ce danger qui nous réconcilie avec notre part de bestialité, de désespoir et de jubilation. Le désir. Le vrai. L'impérieux. Celui auquel on s'abandonne. Qui nous emporte jusqu'à la perdition. Et ne nous laisse parfois que nos larmes.

Je quitte le Mahogany, des étoiles tièdes dans les yeux. Seule.

La nuit tombe doucement. Les lampadaires s'allument, comme des chapelets. L'air est doux. Je descends les rues que m'a indiquées le concierge de l'hôtel, jusqu'au boulevard de la Plage. Je croise des familles heureuses, des parents qui se tiennent à nouveau la main, des enfants excités et capricieux. Des jeunes aussi, venus de Lille, d'Amiens, d'Arras, de Béthune, pour faire la fête, danser et boire et séduire des filles puisqu'il est dit que l'été les corps parlent d'eux-mêmes, qu'il n'est nul besoin de beaucoup de vocabulaire pour se faire comprendre.

Pourtant, il y a toujours des filles malheureuses au lendemain de l'été. Des garçons méchants. Des baisers ratés. Des coups de poing perdus. Des chagrins inconsolables. Je croise tous ces

---

1. *À chaque fois*, Barbara.

rêves de bonheur de ceux qui ont travaillé, économisé ou se sont privés pour se retrouver ici, une semaine d'été, un soir de bal, pour s'y faire des souvenirs heureux, emmagasiner des images jolies et colorées qui, un jour, rendront supportables les insupportables images de la maladie, de la peur ou de l'abandon.

Les vacances, c'est ce moment d'enfance qu'on rattrape, où nous étions immortels, où nous allions ne jamais nous quitter.

La ville a fait installer un grand podium sur le parking, pour le bal du lendemain. Le ciel est clair, les ampoules multicolores brillent ; les filaments grésillent, une frayeur de phalènes emprisonnées. Des gamins dansent déjà. Ils ont apporté de la musique, des boissons qui empêchent de dormir. Quelques adultes se sont joints à eux, font tournoyer leurs nouveau-nés.

En les observant, je me souviens de tourbillons lointains. Ma première danse à douze ans, avec un garçon qui transpirait beaucoup. À quatorze, un slow avec ma meilleure amie, une grande rousse, dont les cheveux sentaient le sous-bois moite, les écorces humides ; nous avions été troublées toutes les deux, plus tard, nous nous étions embrassées, plus tard, nos mains s'étaient

146

perdues, le sous-bois avait été un lieu lumineux, et plus tard, notre secret avait été notre fabuleux trésor.

Sur la plage, j'ôte mes chaussures. Le sable est frais, presque froid. Je me dirige vers la mer d'où reviennent des enfants téméraires et gelés. Leurs mères les attendent avec des serviettes-éponges et des mots tendres. Là-bas, des cavaliers marchent au pas, leurs ombres s'étirent sur le sable. Plus loin, un feu est allumé au milieu de jeunes garçons et filles, le vent apporte les accords de guitare, les odeurs de grillades, l'éclat de leurs rires. La nuit est tombée. Personne ne veut rentrer. On veut vivre.

— La coupe de champagne vous allait très bien.

Je sursaute, mais je ne me retourne pas. Il marche derrière moi, à moins d'un mètre. Je n'ai pas peur. Je le connais.

— Vous avez disparu bien vite tout à l'heure, au bar de l'hôtel.

— Il y avait trop de monde.

— Ce n'était pas très chevaleresque de votre part, n'est-ce pas ? Alors, pris de remords, vous m'avez suivie jusqu'ici pour vous excuser de vous être sauvé.

— Je ne regrette rien.

— Seriez-vous de ces timides qui tentent de faire de leur timidité leur charme ?

— Non.

— Marié, alors ?

— Oui.

— Et que fait un homme marié, un week-end de 14 Juillet, à la tombée de la nuit, à suivre une femme sur une plage ?

— Il tente sa chance.

— Ce n'est pas très flatteur pour moi.

— Ma femme est partie de son côté, pour la semaine.

— Toujours pas très élogieux.

— Excusez-moi. En fait, je n'ai pas l'habitude d'aborder une femme qui marche pieds nus sur une plage, la nuit.

— Mais cela ne vous a pas empêché, un peu plus tôt dans la soirée, d'aborder une femme mariée dans un bar ?

— Ah. Vous êtes mariée ?

— Oui.

— Et votre mari n'est pas là ?

— Il est peut-être avec votre femme.

Je suis folle.

— Je ne crois pas. Elle est trop sérieuse pour cela.

— Mais mon mari est peut-être un fabuleux séducteur, un habile laudateur, contrairement à vous.

Folle. Je confirme.

— Vous étiez la première. C'est la première fois que je fais ça.

— La première fois ? Vous êtes sacrément audacieux pour un novice. À moins que « Il n'y a que le champagne qui vous aille » soit la réplique d'un livre.

— Je n'ai jamais dit cela à personne. Vous êtes la première.

— J'étais. Je suis. La conjugaison vous rapproche dangereusement.

— J'ai d'abord vu vos jambes. J'ai pensé à une phrase de Charles Denner, dans un film de Truffaut. Puis vos hanches, lorsque vous avez grimpé sur ce tabouret. Puis la façon dont vous avez croisé vos jambes, presque au ralenti. Comme un glissé.

Touchée.

— Vous n'aviez pas encore vu mon visage ?

— Je n'avais pas encore vu votre visage. J'en étais à la nuque lorsque je vous ai chuchoté cette mauvaise réplique de livre.

— Elle était charmante.

— Vous n'aviez pas la silhouette d'une femme qui commande un cocktail au nom ridicule, et qui est obligée de subir les gestes pathétiques du barman qui le prépare devant elle, en pensant qu'il tient la statuette d'un Oscar d'Hollywood dans les mains. Le champagne était la seule solution.

— Pourquoi vous êtes-vous sauvé ?

— Parce que vous alliez peut-être me trouver très laid.

— Vous l'êtes ?

— La nuit est tombée. Heureusement.

— Je suis peut-être moins charmante que vous le pensez.

— Il fait nuit.

— Moins jeune, aussi.

— Nuit noire.

— J'aime bien votre voix.

— C'est la première fois qu'elle dit les mots que je vous dis.

— Mais encore ?

— *Mais encore ?* Cela me rappelle Roxane.

— *Brodez, mon ami. Brodez.*

— Vous m'avez troublé. Dès l'instant où je vous ai vue.

— Mais vous êtes marié.

— Et vous l'êtes aussi.

— L'avez-vous déjà trompée ?

— Non.

— En avez-vous jamais eu envie ?

— Envie, non.

— Des occasions, alors ?

— Oui.

— *Brodez. Brodez.*

— Aucune qui vaille de se perdre.

— Mais si l'une l'avait valu ?

— Je ne l'ai jamais croisée.

— Vous m'avez quand même abordée. En vaudrais-je la peine ?

Re-re-folle.

— Oui, Roxane. Et vous, l'avez-vous trompé ?

— Je ne m'appelle pas Roxane. Mais Louise.

— Louise. C'est un joli prénom. Quelque chose de sucré en bouche, une finale longue. Comme un blaye élégant.

— J'aurais pu m'appeler Monique.

— Quelle horreur, un prénom de piquette. Non, définitivement, Louise vous convient. Et à moi aussi. Alors ?

— Non plus. Je ne l'ai jamais trompé.

— Vous n'en aviez pas envie ?

Je ris.

— Oh, si !

— Alors pourquoi ?

— J'attendais qu'un homme m'aborde dans un bar d'hôtel et me dise, d'une voix grave, « il n'y a que le champagne qui vous aille », qu'il me suive sur la plage du Touquet, à la tombée de la nuit, pour que je ne puisse pas voir son horrible visage, qu'il ne voie pas mon grand âge, qu'il me prenne par la main.

Il prend ma main.

— M'immobilise.

Il m'immobilise.

— Se colle à moi.

Il se colle à moi.

— M'embrasse dans le cou.

Il m'embrasse dans le cou.

— Me dise que je le fais bander.

— Vous me faites bander.

— Et que je me sauve en criant.

Je me sauve.

Il crie :

— En criant quoi ?

— Retrouvez-moi !

*

Je courus à en perdre la vie.

Je courus vers la digue, les méchants parkings, le podium dressé pour le bal. Je passai par la très animée rue Saint-Jean, bousculai quelques-uns, on m'insulta sans méchanceté ; on me siffla, comme une fille, une promesse ; mais je riais, je riais encore, je me sentais belle ; et à cette seconde, je l'étais ; je vous jure que je l'étais.

*

Puis le dernier 14 Juillet du siècle a été là.

*

Le matin de mon anniversaire, je me suis réveillée tard.

Pour la première fois depuis bien longtemps, j'ai dormi nue. Pour la première fois depuis bien longtemps, j'ai retrouvé ces sensations primitives du désir ; ces bienveillances qui rapprochent de tous les possibles.

Plusieurs fois dans la nuit, ma main a cherché le corps de l'autre et a trouvé l'absence. L'abîme. Qui est-il le dernier, celui avec lequel on sait qu'on finira sa vie, sans jamais céder à la tendresse – cette petite bagatelle confortable et presque insultante, qui succède à la passion ? Qui est-il, celui-là, qui continuera d'enflammer nos corps meurtris, nos corps de mères, nos souvenirs de femmes ?

Je commande le petit déjeuner. Un jeune serveur me l'apporte rapidement. Plateau d'argent, nappe blanche, petite rose jaune dans un vase étroit – la rose jaune signifie *annonce une infidélité* ; cela me fait sourire. Le garçon tremble. Quand je lui dis qu'il est adorable, il s'enfuit[1], vif comme un lézard.

Puis je prends un long bain, comme Ariane Deume avant moi, qui attendait son Seigneur[2].

Comme moi ; comme ces milliers de femmes désarmées devant l'unique obsession des hommes. La nouveauté.

*

---

1. Le fameux Lycée hôtelier du Touquet compte un grand nombre d'élèves, très jeunes encore (donc impressionnables), lesquels, en haute saison, comme un 14 Juillet ou un 25 décembre, prêtent main-forte aux hôtels de la ville.

2. *Belle du Seigneur,* Albert Cohen.

154

Jacinthe

À midi, la digue était noire de monde.

Un ballet de vélos, de trottinettes et de rosalies. Une petite comédie musicale. Une vaste comédie humaine. Des enfants hurlent pour une barbe à papa, une glace italienne. Des familles entières s'installent pour déjeuner sur la plage. Un vieil homme fume en regardant les jeunes filles qui sortent de l'eau. On dirait des photos de Doisneau. Des femmes seules sourient, au cas où. Des regards se croisent, enfin. Des rencontres se trament. Des dangers se précisent. Des amours fleurissent dans l'espoir qu'aucun matin de septembre ne les fanera.

Pour la première fois de ma vie, je fais partie de ces amours d'été. Je suis de celles qui se donnent au chasseur. En rêvant qu'il ramènera sa dépouille chez lui.

J'ai marché longtemps sur la digue. J'ai dépassé la plage à la hauteur de l'avenue Louison-Bobet ; là-bas, sur le sable, sous un parasol jaune, assis dans des fauteuils de plage de toile bleue, un homme semble dormir, une femme lit un livre – de dos, elle ressemble à ma poétesse sainghinoise : la nuque pâle, le corps si las déjà.

À trente mètres, en contrebas, à peine cachés par les longues herbes arénicoles, deux adolescents d'un blond de sable, dont la lenteur des gestes rappelle la prudence de l'enfance, mais l'urgence des corps l'impétuosité du désir des adultes, s'embrassent soudain sur la bouche puis se séparent tout aussi soudainement. La jeune fille se met à crier :

— L'amour c'est quand on a les mains qui piquent, les yeux qui brûlent, quand on n'a plus faim !

J'ai tout de suite pensé à mes trois grands fils et formé le vœu qu'ils soient de cette race d'hommes qui font piquer les mains des filles et brûler leurs yeux. De ceux qui s'enfuient mais reviennent toujours ; comme l'homme du bar, enfin, cet intrus magnifique.

Je me suis allongée dans les dunes. Je ferme les yeux. Je laisse mes doigts s'enfoncer dans la tiédeur du sable, comme des serpents. Les grains coulent, telle de l'eau sèche. Le soleil chauffe mon visage. Le vent repousse un pan de ma jupe, je le laisse faire.

Une main se pose sur mon genou.

— Un mot, que je reconnaisse votre voix.

Jacinthe

— C'est moi.

Alors la main remonte le long de ma cuisse. Elle s'arrête entre mes jambes, puis fait connaissance avec la nouveauté.

— C'est votre épouse qui vous a appris à caresser une femme comme ça ?

— Non. Mais mon irrépressible envie de vous, oui. Mon impudeur.

— Vous ne faites plus l'amour ?

— Plus assez bien. Plus assez souvent.

— Vous ne la désirez plus ?

— C'est vous que je désire.

— *Des mots, encore des mots, toujours des mots.*

— Je suis sincère, Louise. C'est la première fois depuis vingt-cinq ans que je désire une femme comme vous.

— Ce que vous désirez, c'est la nouveauté.

— Ça aussi.

— Mais quand vous m'aurez embrassée, possédée peut-être, je serai de l'histoire ancienne. Un souvenir d'été. Un trophée de vacances : la jolie femme entre deux âges, mariée, fidèle, seule au Touquet un 14 Juillet. Les hommes sont des voleurs qui ne gardent pas leur butin.

— Je ne crois pas. Je vais vous voler à votre mari. Je vais vous garder, Louise.

*

Alors, je le regarde.

Il ne doit pas avoir tout à fait la soixantaine. Des émouvantes rides aux coins des yeux. Des yeux clairs, hypnotiques et troublants, comme ceux des chiens de traîneau dont j'oublie toujours le nom. Mes doigts caressent les lignes de son visage. Ses joues piquent. Ses lèvres sont charnues, elles sont un fruit à mordre. Il n'est pas parfaitement beau, mais je lui trouve un charme puissant ; un air d'Yves Montand, dans *César et Rosalie* – même sourire ravageur, même force apparente, mêmes fragilités déconcertantes. Alors je pose ma tête contre sa poitrine et il me serre contre lui et sa main qui fait des merveilles s'arrime à mon épaule. Nous marchons

160

ainsi longtemps sur la digue. Nous accordons nos pas, il réduit légèrement les siens, j'allonge les miens. Qu'il est dur ce rythme des premières fois. Nous sourions. Nous ne parlons pas. Il n'y a rien d'autre entre nous que cette chaleur nouvelle ; celle de nos désirs confessés, enfin. Nos impatiences. Pour la première fois depuis mes maternités, il me semble être belle au bras d'un homme.

Être désirée.

*

Dans le gris d'un jour de chagrin, lorsque mon mari avait commencé à moins me faire l'amour, j'avais calculé que, outre les rires, les enfants et autres formidables moments, vingt-cinq ans de vie commune représentaient aussi plus de dix-huit mille machines à laver, des milliers d'heures de repassage, des milliers d'autres encore passées à plier, à ranger, à recoudre un bouton, à nettoyer une tache tenace, à s'assurer que sa chemise préférée sera impeccable pour le lendemain, pour sa réunion tellement importante ; dix mille programmes de lave-vaisselle, et au moins deux fois plus de gestes pour remettre en place les assiettes dans les placards, les verres, trier les couverts, pour récurer un plat, dix plats, mille plats, et voir mes mains s'abîmer peu à peu, sentir la pulpe de mes doigts devenir un très fin papier de verre. Alors oui, cent fois oui, aujourd'hui pourquoi ne pas risquer d'être heureuse. Enfin. Pour moi. Dans la passion dévorante d'un homme. Être caressée encore, et toujours, comme il l'a fait plus tôt, dans les dunes, avec cette urgence qui comprenait ma faim, réveillait mes vagues endormies, comblait mes envies de tempêtes, de noyades.

Oh, j'ai hurlé. Mon Dieu, comme j'ai honte. J'ai tellement hurlé que toute la plage a dû m'entendre. Je rosis, je suis troublée. Monique n'aurait jamais osé faire cela : même, et surtout, avec son mari ; jamais osé s'abandonner, au milieu du monde, dans le risque qu'on la surprenne.

Sur le boulevard de la Plage, à la hauteur de la rue Dorothée, je reconnais le couple de vieux rencontré la veille, au Mahogany. Ils portent chacun un gilet du même beige. Ils se tiennent par la main, comme pour empêcher l'autre de s'envoler si d'aventure le vent se mettait à leur jouer un mauvais tour et cherchait à les séparer. Mais ils ne me voient pas. Je frissonne. Je voudrais un jour leur ressembler, me dis-je. Je voudrais quelqu'un au bout de ma main, qui ne la lâche jamais plus. Je voudrais ne plus avoir peur du temps qui passe. De l'ennui qui menace. Ni de l'amour qui s'efface.

Je veux une histoire qui aille jusqu'à la fin, dans l'adoration. Comme Philémon et Baucis, je veux croire que l'on peut vieillir ensemble, mourir au même moment et, comme eux, être transformés en arbre.

En un *seul* arbre.

Tout à l'heure, je vais lui dire oui. Je vais lui dire volez-moi, gardez-moi. Tout à l'heure, je lui dirai des choses irréversibles.

Faites-moil'amournemedemandezpaslaper
missionprenezservez-vousvolez-moitoutestàv
ousjesuisviergedetoutapprenez-moiréveillez-
moijedorsdepuistroplongtempsjeveuxjouire
trireetpleurerjen'aipaspeuravecvousj'aimevos
doigtsquimefouillentilsmerappellentceuxde
RobertKincaiddanslaroutedeMadisonlorsqu'il
semetànettoyerleslégumespourlerepasqu'elle
leurpréparej'aipleuréaucinémaj'aieusoudainen
viedececoupd'épauledansledésircepieddans
laportedemesréticencesenviedecettebrutalité
quidévoreouijevousoffremonplusbeauouidites-
moiquevousvousappelezRobertetquevousallez
medévorer.

*

— Je m'appelle Robert.

Et moi, je t'aime. Mais ça, je ne le dis pas. Je réponds juste :

— Je suis contente.

*

Plus tard, dans l'après-midi, alors que nous remontions la rue Saint-Jean pour rejoindre le Westminster, retrouver ma chambre, je me suis soudain arrêtée, et me suis hissée sur la pointe des pieds – mon Dieu, j'avais oublié comme il était grand –, et je l'ai embrassé, comme je n'avais jamais osé le faire auparavant. Un baiser de fièvre, là, au milieu de la rue, au milieu des autres. Un baiser indécent. Rare. C'était le premier baiser, le plus important, le plus intime, celui qui ouvrait le ventre et le cœur.

Bien sûr, nous avons eu droit à l'une des plus stupides répliques du monde : « Il y a des hôtels pour ça ! » Et, en riant, j'ai répliqué : « Mais on y va, on y va ! » Et Robert m'a serrée encore plus fort contre lui, tout contre son désir, chaud,

166

dur, animal ; et je me suis sentie flattée. Belle et unique.

Plus tard, dans la pénombre salée et brûlante de la chambre du grand hôtel, après l'ivresse de nos abandons, après les noirceurs lumineuses, les inconvenances indécentes, les caresses brutales, inédites, après les larmes qui sont l'essence même de la jouissance, à la limite de l'asphyxie, comme s'il y allait de ma vie, comme s'il s'agissait de mes derniers mots, de mon dernier souffle, j'ai pu enfin lui avouer mon urgence à être désirée, à être possédée encore et encore, à appartenir de nouveau à un homme.

*

Mercimercimercimercimerci.

Le ciel est noir et la digue noire de monde.

On chante, on boit, on rit. Le dernier 14 Juillet du siècle ressemble à ce genre de grande fête qui ne se soucie pas des lendemains, des gueules de bois et autres désillusions.

Robert et moi marchons lentement. Nous nous tenons par la main, comme ces beaux petits vieux aperçus plus tôt, dans l'après-midi. Nos mains brûlent, nos sangs nous semblent épais – un fleuve tumultueux, joyeux, insatiable.

Au loin la mer gronde, on dirait un fauve affamé, tapi dans l'obscurité, attendant sa proie. Les enfants aussi sont de la partie : sur la plage, les garçons dansent avec leur mère en riant un

peu trop fort, les filles avec leur père, en s'ap-
pliquant à être charmantes et précieuses, à être
grandes déjà – ah, si elles savaient !

Sur l'immense piste de danse, couronnée
d'ampoules jaunes, bleues, vertes, rouges, l'orchestre a entamé les premières notes d'*Hors Saison*. Quelques-uns profitent de la douceur de la
mélodie pour se rapprocher ; d'autres pour se
coller, se fondre, entamer des préliminaires qui
exciteront les peaux, les sexes, avant de se goûter, de se dévorer, dans les dunes ou les chambres
humides des locations du bord de mer. Nous-
mêmes ne sommes pas en reste. Nos doigts
s'explorent encore, se broient, nos bouches se
dévorent, brûlants de cette passion nouvelle,
inattendue – qui va détruire nos vies anciennes.

Là-bas, sur la plage, une femme de trente-cinq
ans environ se tient seule ; elle vient d'allumer
une cigarette – c'est la flamme du briquet qui
a attiré notre attention. Elle a regardé la fumée
s'envoler dans la nuit, l'a suivie des yeux jusqu'à
ce qu'elle s'évanouisse totalement, comme on
suit du regard, longtemps encore, même après
qu'il a disparu, quelqu'un qui nous quitte. Elle
amorce quelques pas de danse, mais la solitude

est mauvaise cavalière. Elle ampute de l'insou-
ciance. Elle contraint à la disgrâce.

Puis elle s'éloigne vers la mer, titubant avec
une certaine désinvolture, jusqu'à être engloutie
par l'obscurité froide.

À l'une des buvettes éphémères, nous achetons
deux verres de vin, une méchante piquette, claire
comme de la grenadine, mais qu'importe. Nous
trinquons à nous, silencieusement, dans le bruit,
les cris des autres, et je lève mon verre à mon
impétueuse renaissance, formant le vœu que
rien ne change plus désormais, que Monique ne
revienne jamais. Et, comme s'il existait soudain
un Dieu là-haut, à l'écoute des souhaits et des
peines d'ici-bas, au moment précis où je tends
mon verre vers le ciel, au nord, vers Hardelot,
les premières rosaces de couleur du feu d'artifice
se mettent à briller ; c'est notre baptême ; la mer
en capte quelques fragments fugaces, des éclats
de bijoux : diamants roses, tourmalines paraïba,
topazes grappe, qui s'éteignent comme des petites
flammes, au contact de l'eau.

Alors Robert éclate de rire, et son rire est un
cadeau.

*

Plus tard, je lui demande. Et il me raconte. Trois fils aussi, comme moi. Je baisse la tête en souriant. Architecte. Des jolies maisons, il y avait longtemps, des lignes audacieuses, des portées inédites. Puis des maisons moches. L'argent ne faisait pas le goût. Ne fabriquait pas le plaisant. Et puis des immeubles, des clapiers pour y entasser le plus de gens possible, des murs de carton pour alléger les coûts, du carrelage, *made in* bout du monde, qui se fendillait dès que quelque chose y tombait. Il fallait construire vite, c'était une question de politique, d'élections, de pots-de-vin. L'écœurement était bien là, mais il n'avait jamais eu le courage d'arrêter, de réaliser son rêve de maison à lui. Mais depuis hier, Louise, depuis votre coupe de champagne au Mahogany, depuis vos jambes comme des compas, depuis votre nuque, c'est ce que j'ai décidé de faire, si vous en êtes d'accord : construire une maison, une maison pour vous et pour moi, un lieu où personne d'autre n'aura vécu avant nous, où les murs n'auront pas d'autre mémoire que nos mots à nous, nos soupirs et nos souffles. Rien n'y entrera que nous n'aurons choisi ensemble.

Je caresse son visage, je laisse mes larmes sourdre – et tant pis pour mon maquillage.

Jacinthe

— Je suis d'accord, Robert. C'est ce que je désire aussi.

Je me trouve folle, encore. Et j'adore ça.

*

Soudain, un bruit terrifiant dans le ciel nous fait tous sursauter.

Les corps se sont arrêtés de danser, les rires se sont tus. Un enfant a hurlé.

Un hélicoptère. Un boucan de guerre.

Nous regardons tous, fascinés, l'appareil qui vole très bas, fonce vers la mer au loin, là-bas, où un gyrophare bleu tournoie. Sur son passage, le sable se soulève, s'envole, dessine un long voile, une traîne de douleur. L'hélicoptère se pose, quelques minutes à peine. Puis il repart vers le nord, avalé par la nuit.

Un silence de fin du monde tombe sur la digue, avant que ne résonnent à nouveau les chansons du bal. Les rires. La vie.

Michel de Nostredame, dit *Nostradamus*, s'est trompé.

Un grand Roi d'effrayeur n'est pas venu du ciel, n'a pas détruit Le Touquet – comme l'ont fait par contre les bombes de la *Luftwaffe* cinquante-neuf ans plus tôt.

Ce matin du 15 juillet, quand nous nous réveillons de notre première nuit à deux, il fait grand beau, le ciel est limpide, un à-plat de Klein ; les enfants y ont déjà déployé leurs grands cerfs-volants, des deltas, des losanges, et quelques dragons chinois.

Qu'il est étrange ce moment où, après l'aveuglement, survient la réalité crue. Les yeux fatigués. Les cernes. Les rides. Les premières taches de rouille sur les mains.

Mais nous nous sommes trouvés beaux. Et nous nous le sommes dit.

Puis – et je n'aurais jamais imaginé en être capable du temps de Monique –, nous avons pris un bain ensemble. Pour la première fois de ma vie, à cinquante-cinq ans, un homme m'a lavé les cheveux, le dos, le ventre, le sexe – le voyant hésiter une seconde, je l'avais encouragé –, les fesses, les jambes. Un plaisir nouveau, trouble, puissant, m'a inondée. Quand il a embrassé ma joue, j'ai senti une larme sur la sienne.

Nous y étions, à présent.

Nous ne pouvions plus reculer.

*

Malheureusement, je n'avais réservé que deux nuits au Westminster et ma chambre était déjà relouée pour le soir même. Renseignements pris, tous les autres hôtels du Touquet, d'Hardelot et même d'Étaples, étaient complets.

C'est la semaine du 14 Juillet, madame. Notre plus grosse semaine de l'année. Avant, le vent tourne. Après, les orages menacent.

Jacinthe

Nous avons passé plus d'une heure au téléphone, Robert et moi, et fini par en trouver une à Wissant, à cinquante-huit kilomètres au nord. L'Hôtel de la Baie. Une jolie chambre sur la mer.

Nous sommes partis après le déjeuner, avec ma voiture. Ni lui ni moi ne voulions rentrer, avoir à annoncer l'irrémédiable. Nous voulions profiter de nous encore, nous goûter encore, nous permettre d'y croire encore.

Le temps de s'adorer, de se le dire, le temps de s'fabriquer des souvenirs.

Mais avant, il faudra que ce que nos corps auront brûlé ici, ce que nos mots auront délivré, nos gestes audacieux découvert, tout ce que nos désirs, nos jouissances irrépressibles nous auront changés à jamais ne se fracassent pas dans l'éphémère, dans l'impunité d'une passion d'été, mais devienne le sel et le sang même de nos vies. Jusqu'au bout. Que nous soyons enfin le dernier de l'autre. Alors seulement, après.

Après, il y aura des maisons à vider, des souvenirs à gommer, des meubles à vendre. Et une maison à construire.

Après, il y aura une nouvelle vie, un nouveau vocabulaire. Une confiance absolue. Définitive.

Après.

Les quatre saisons de l'été

*

L'hôtel était simple, agréable ; l'accueil enthousiaste. Beaucoup de gens sur la plage, des familles, pour la plupart. On était loin soudain de l'ambiance du Touquet, de la crânerie de certains Parisiens, de la violence sourde de certains jeunes. Wissant (on prononce *Oui-sans* dans le Nord-Pas-de-Calais) est une petite commune qui se trouve au centre de la baie située entre deux ensembles de falaises. Celles du cap Gris-Nez, hautes de quarante-cinq mètres, et celles, plus élevées, du cap Blanc-Nez (cent trente mètres), idéales en cas d'immense et inconsolable chagrin d'amour. Ici, l'érosion fait de tragiques dégâts et redessine chaque année la carte du littoral. Les vacanciers viennent pour les plages interminables, les balades, la tranquillité, la beauté des falaises et des couchers de soleil. Robert et moi, pour nous y épuiser d'amour.

Nous avons passé trois jours et trois nuits au lit. Nous avons fait l'amour souvent, appris à frôler les abîmes, nous avons dompté nos ultimes résistances. Nous avons beaucoup parlé. De nous. De nos vies d'avant, des enfants partis trop vite, du silence depuis. Des rêves jamais réalisés. Tous ces petits vides qui absorbent une vie. De celle qui nous attendait maintenant. Sans entrave, sincère, entière. Nous nous sommes tus aussi, longtemps. Pour écouter notre nouveau vocabulaire amoureux : battements de cœur, respiration, frissons, soupirs, et même le sommeil de l'autre.

Le quatrième jour, nous sommes enfin sortis. Nous sommes allés déjeuner au cap Gris-Nez, à La Sirène – *restaurant front de mer, affaire familiale depuis 1967.* La vue y est magnifique. Pendant trois jours, Robert et moi avons été coupés du monde ; lorsque nous sommes arrivés au restaurant, tout le monde ne parlait que de ça : deux gamins qui, le matin même, ramassaient des coquillages avaient aperçu à une cinquantaine de mètres d'eux ce qu'ils avaient d'abord pris pour une petite malle sombre échappée d'un bateau de pirates, revenue du fond de la mer, ou du *Titanic.* Ils s'étaient approchés et l'un d'eux était tombé dans les pommes. Il ne s'agissait pas d'une petite malle au trésor, mais du corps d'une vieille dame, dilaté, gonflé, après sans doute de longs jours passés dans l'eau. Une rapide enquête n'avait rien révélé – la mer est l'une des plus grandes fossoyeuses de preuves –, alors la gendarmerie avait fait transporter le corps à l'institut médico-légal de Lens.

Depuis, plus rien. Personne ne savait. Chacun imaginait, y allait de son petit scénario, même les plus sombres.

Je me suis demandé de quelle façon je mourrai. Un jour.

*

Comme tous les clients, nous avons déjeuné *léger*.

Le souvenir de cette pauvre femme interdisait tous poissons et autres fruits de mer. Les patrons étaient désolés. Allez, allons-y pour les crudités alors, quelques viandes, ah, il ne me reste que du rôti froid, et du fromage : on a un merveilleux saint-winoc de chez Mme Degraeve, et quelques belles boulettes d'Avesnes, affinées à la bière pendant trois mois.

Après le déjeuner, nous avons fait une dernière promenade sur l'immense plage ; la longue balade vers le cap Blanc-Nez.

Le vent s'est levé, tiède ; il giflait nos joues rouges, emportait nos rires, les soupirs qui prolongeaient nos baisers. Nous allions rentrer tout à l'heure, et ce moment ne nous effrayait pas.

Bien au contraire.

Je conduirai jusqu'à chez moi, près de Lille ; j'arriverai à l'heure du dîner.

Je demanderai à mon mari de partir, de ne plus jamais revenir, je ne donnerai aucune explication. Il verra bien à mon visage, à mes pommettes empourprées, à mes cheveux collés par le sel, à mes longues jambes que je ne montrais plus, avant, que je suis terriblement amoureuse, possédée, que j'appartiens désormais à quelqu'un d'autre, que c'est ma dernière chance. Et il partira, sans bruit, sans rien casser, sans rien exiger.

Il s'effacera.

Alors j'accueillerai Robert dans ma maison, dans mes bras, mon lit, ma vie. Pour le reste de la mienne.

Dès demain, je ferai le vide.

Je jetterai les choses inutiles.

Les souvenirs encombrants.

Les mensonges nécessaires.

Tous les bibelots, les idioties, les mochetés d'une vie passée au service des autres.

Je mettrai en vente, ou les donnerai, tous les meubles que nous ne garderons pas.

Puis il dessinera notre maison.

J'ai demandé, en rougissant, un très grand lit, une grande baignoire ; un jardin – j'ai des rêves de potager, pour quand nous serons vieux ; j'ai demandé qu'il m'aime toujours, comme il y a six jours exactement, ce 14 Juillet spécial où, pour mon anniversaire, il m'avait fait le cadeau de lui, de ses impudeurs, de ces incroyables retrouvailles ; j'ai demandé qu'il m'offre toujours cinq jacinthes rouges ; j'ai demandé qu'il me désire toujours, toujours, qu'il me baise toujours, avec avidité et effronterie, et il m'a dit oui, oui, Louise, oui, tout ce que vous voulez. Tout. Tout.

Et il ne mentait pas, et j'ai vu, pour la première fois, la couleur de ses larmes.

Sur l'A25, qui nous ramène vers Lille, à la hauteur de Steenvoorde, je m'arrête sur l'aire de Saint-Éloi, pour y faire le plein d'essence.

Au moment de repartir, mon téléphone sonne. Je vois le numéro s'afficher. Je décroche. C'est l'un de mes fils. Il prend de mes nouvelles, me souhaite un bel anniversaire, et surtout, s'excuse de n'avoir pas pu m'appeler le 14 Juillet, parce que le 14, et les jours qui suivirent, il était dans le Burren, sur la côte ouest de l'Irlande. Il explique que c'est ce qu'on appelle *le pays pierreux*, une immensité karstique désertique, où l'on trouve des tas de vestiges celtes et préhistoriques, mais

pas de téléphone, maman, même pas une anti-
quité, en bakélite ; il s'excuse.

— Tu n'as pas à t'excuser, mon chéri... Oui,
un anniversaire magnifique. Merci. (Je pose ma
main sur le genou de Robert.) ... Le plus beau
de toute ma vie... Oui... Oui... Il est à côté de
moi... Je te passe papa.

Je tends alors l'appareil à mon mari.

— Tiens, c'est Benoît.

Et je remets le contact, enclenche la première
vitesse, et accélère vers notre nouvelle vie.

ROSE

Il y a quelques mois, pour nos cinquante ans de mariage, des amis nous ont offert une paire de couverts en argent, gravés à nos deux prénoms, un album de photos qui compilaient de jolis souvenirs, et le dernier disque d'un chanteur à la mode, *Hors Saison*.

Nous avions aimé le titre et apprécié la mélodie, mais moins la mélancolie des paroles.

> *Le vent transperce*
> *Ces trop longues avenues*
> *Quelqu'un cherche*
> *Une adresse inconnue*

Les quatre saisons de l'été

Sans doute étions-nous nous-mêmes hors saison.

*

Nous n'étions pas revenus au Touquet depuis quelques années.

Les années, justement, nous avaient endoloris ; les pinces de nos doigts rouillaient doucement, nos jambes s'affaiblissaient, nos corps n'étaient plus bien lourds et le vent, parfois violent ici, imprévisible, aurait facilement emporté l'un de nous deux.

Et malgré l'effroi des années noires, malgré la faim, la peur, malgré les rires gras des jeunes soldats qui nous regardaient marcher sur la plage en pariant sur celui d'entre nous qui exploserait le premier, malgré tout ce qu'une guerre arrache et qu'aucune paix ne remplace, malgré les mots des carnages qui sont plus terribles encore que ce qu'ils décrivent, nous avions gardé des souvenirs heureux d'ici.

Ici, plus tard, quand le sang avait été lavé, le poisseux effacé, quand avaient été balayés les ruines et les désastres, alors les balades à cheval, les sorties en barque, les cris insouciants, quelques rires.

Alors ce vent de liberté, salé, cuisant, qui avait apaisé nos mémoires, emporté loin de nous nos frayeurs.

Alors nos nuits, audacieuses et graves, juste après notre mariage, à l'aube de l'année 1949 – dans une chambre douillette de l'hôtel Westminster.

Alors les matins gourmands, gavés des chocolats du Chat Bleu, rue Saint-Jean, sucrés et généreux comme de nouveaux baisers encore et encore, que nous avions échangés sur la plage glacée et venteuse, souvent déchirée par les cris terrifiants de quelques grosses mouettes – tandis que surgissaient, tels des diablotins, les enfants hystériques et leurs mères lasses.

Ici, il y a toujours eu une grande lassitude des parents ; sans doute parce que la mer est souvent si loin qu'il faut marcher longtemps pour l'atteindre, et que c'est dans ce temps que le désir s'émousse et qu'apparaît la vanité des choses.

Les enfants crient, s'impatientent, poussent de toutes leurs forces les corps ralentis des parents, comme de gros rochers ; ils découvrent déjà, sans le savoir encore, la violence de l'impatience.

Ici, la nuit, la mer se retire. La lune ourle d'argent la crête de ses vagues fatiguées qui dessinent aujourd'hui les mêmes rides que sur nos visages vieillis ; soulignent nos vies épuisées. Il y a près de cinquante ans, elles dessinaient des voiles de mariés, légers, délicats, que nous laissions s'envoler, nous révélant l'un à l'autre, timides et voraces à la fois.

Nous nous sommes rencontrés à quelques kilomètres d'ici, un été, il y a cinquante-six ans.

Nous nous sommes rencontrés dans le tumulte des corps, les odeurs écœurantes de la chair brûlée, dans le vacarme des épouvantes, sans savoir s'il nous serait jamais offert d'atteindre l'âge des hommes, le temps des passions.

Nous avions dix-neuf et vingt ans.

*

L'électricité était revenue.

On trouvait à nouveau du pain – non plus cet infect *brignon,* sans levure. Quelques jardinets transformés en potager donnaient pommes de terre, poireaux, carottes, choux, rutabagas et topinambours. On faisait des omelettes avec de la poudre d'œufs. Les tripes et le boudin avaient réapparu, apportés de Wimereux, d'Étaples, de Beussent. Mais beaucoup de choses manquaient encore. Comme le café, ou les briques de charbon.

On mélangeait alors le *flou*, la poussière de charbon, à de la marlette, un argile gras, afin de couvrir le feu, et d'économiser le charbon le plus longtemps possible. Le café était rationné et il était infect ; on l'appelait *le maltacaf*. Certains allaient en chercher en Belgique, ils revenaient avec du tabac pour les hommes, et du savon de la marque Sunlight, cachés dans la doublure des manteaux.

Quarante mille Allemands vivaient là ; ils nous laissaient enfin tranquilles après avoir pillé les villas et les hôtels alentour, détruit l'immense hôtel Atlantic pour en expédier les matériaux en Allemagne, au profit de l'organisation Todt. Ils s'affairaient désormais à la construction de murs qui devaient les protéger d'un possible débarquement allié. Plus loin, vers Le Havre, la *Kriegsmarine* installait des batteries lourdes, les monstrueuses V1 et V2. Dans les dunes où, enfants, nous avions si souvent rêvé en regardant les étoiles, creusé tant de minuscules tranchées pour nos jeux de billes, il n'y avait plus que des blockhaus, des mines et d'effrayants Tobrouk. Sur les plages se dressaient des pieux – les fameuses *asperges de Rommel*, pour empêcher les planeurs et les parachutistes d'y atterrir – et sur lesquels s'empalaient nos rêves de liberté. Nos enfances avaient été dévastées, il n'en restait rien de beau. Juste la faiblesse, la honte. Juste une rage inutile.

Nous n'allions plus à l'école. Nous travaillions au milieu des femmes et des maris fragiles – quelques grands blessés, quelques cas de typhus exanthématique, de dysenterie bacillaire, et toujours une immense colère. L'un de nous à l'hôpital de Cucq, avec les religieuses ; l'autre, à l'Hôtel des Marées.

L'un nettoyait les saletés des corps, l'autre celle des hommes.

Nos parents avaient disparu. Les uns, trois ans plus tôt, dès les premiers bombardements de la *Luftwaffe* sur l'aérodrome. La mère de l'autre n'avait pas survécu à sa naissance. Son père s'était engagé dans la Résistance, section Georges-Bayart, du réseau du capitaine Michel, et personne, pas même plus tard dans un livre d'histoire, n'eut jamais de ses nouvelles.

Nous sommes devenus des orphelins.

Rose

Nos détresses nous aimantèrent l'un vers l'autre. Il n'y a pas eu de coup de foudre, pas d'étoiles, pas de cœurs qui s'emballent, pas de jolies répliques de livres, juste un regard ; un regard impérieux, une corde à laquelle s'accrocher.

Il y eut, cet après-midi-là, des explosions vers l'estuaire de la Canche.

Nous étions cent peut-être. Nous courûmes vers la plage de la Corniche. Des soldats allemands hurlaient. *Mine ! Mine !*

Le corps d'un homme s'envola. Ses mains s'arrachèrent de ses poignets, ses doigts voletèrent un instant, dessinant de magnifiques arabesques sanguinolentes, comme des pinceaux amarante, puis retombèrent brutalement tels des oisillons fusillés, et s'écrasèrent dans un bruit mat.

Nous courions ensemble, côte à côte, au hasard de nos frayeurs, lorsque le claquement de tirs, tout près de nous, nous fit plonger dans le sable, dans les bras l'un de l'autre. Il nous sembla que nous n'avions plus d'air, plus de corps, plus de chair, plus de poids.

Alors, nous, Rose et Pierre, qui ne nous connaissions pas, nous fîmes cette promesse désespérée. Ce mariage.

Si nous survivons à cette guerre ensemble, nous mourrons ensemble. Un jour.

*

Ce jour est arrivé.

*

Le Touquet avait été dévasté.

Le 4 septembre 1944, l'armée canadienne a libéré sans combat une ville déserte, abandonnée ; ravagée par la honte. Nous avions fui quelques semaines plus tôt et, dans la confusion, nous nous étions perdus.

Nous sommes restés près de quatre ans sans nouvelle l'un de l'autre.

Nous nous étions écrit des lettres qui s'étaient égarées. Des lettres que nous avions envoyées, au hasard de nos souvenirs, aux bureaux des Postes et Télécommunications des villes dont nous avions parlé, parfois, les soirs où nous nous retrouvions, pour une limonade ou une balade dans les dunes. Arras, où l'un était né. Bapaume, où habitait une tante. Nice, pour l'autre, où il allait parfois en vacances, avant la guerre. Èze. Vence.

Villefranche-sur-Mer. Des villes qui n'avaient pas connu la fureur des hommes. Juste leurs lâchetés.

Ces soirs-là, nous apprenions à nous découvrir, lentement, sans rien envisager, sans idée de lendemain, sans verbes conjugués au futur – même si certains murmures fiévreux des hommes évoquaient un débarquement allié. Un jour. Une nuit. Un monde nouveau.

Nous nous étions déjà offerts à l'autre sans lui avoir encore rien donné.

Il fallut trois années aux équipes de démineurs pour extraire les quatre-vingt-douze mille sept cent quarante-sept mines et engins explosifs que les Allemands avaient installés sur la commune du Touquet – ce qui en avait fait la municipalité la plus minée de France. Puis, sous l'impulsion du docteur Pouget, les ruines avaient disparu. Le mal avait reculé. Les cicatrices s'étaient estompées. La ville fut reconstruite, l'aéroport agrandi. Les sourires revinrent, prudemment. Le soir, aux terrasses des cafés, on entendait parfois des éclats de rire. Des rires contagieux.

C'est dans cette ville où repoussait la vie que nous nous sommes retrouvés, quatre ans après la fuite et le tonnerre.

Le lundi 20 septembre 1948.

Il faisait frais, à peine sept degrés. Nous nous sommes croisés à l'angle de la rue de Londres et de la rue de la Paix, un hasard de film ces noms de rues, une comédie romantique ces retrouvailles. Le vent faisait voler nos cheveux, cachait brièvement nos yeux, comme dans ce jeu d'enfant qui consiste à cacher ceux de l'autre et lui demander *c'est qui ? c'est qui ?* Nous nous sommes immédiatement reconnus.

Ces quatre années n'avaient pas encore cogné nos visages. Nous n'avons pas parlé tout de suite. Nous ne nous sommes pas souri tout de suite. Il y eut juste cette terrifiante seconde d'incertitude, les yeux qui cherchent les signes. Une alliance à l'annulaire. Un jeune enfant caché derrière le grand manteau. Une voix claire qui crie *maman !* Un homme ou une femme qui rejoint l'autre, avec du pain, un journal, un bouquet de fleurs ; une vie en train de s'écrire.

Alors nos bras s'ouvrirent.

Nous avions traversé ces deux dernières années de guerre ensemble, nous nous étions perdus pendant quatre ans, mais nous nous étions attendus.

Sans nous être choisis, comme la plupart des gens.

Rose

Nos lèvres tremblaient. Notre premier baiser avait eu la maladresse d'un vrai premier baiser. Nous riions et pleurions en même temps ; survivants retrouvés. Nous osions croire à demain soudain. À tous les futurs.

Alors, nous n'avons plus fait qu'un. Pour toujours.

Aujourd'hui, au Touquet, la digue est noire de monde.

Des vélos, des skates (nous avons appris ce mot récemment, mais nous ne sommes pas tout à fait certains de son orthographe), des rosalies, des trottinettes composent un joyeux ballet. Des familles pique-niquent, protégées du vent par des abris de toile – elles ressemblent à celles photographiées par Cartier-Bresson au bord de la Marne ou sur les galets de la plage de Dieppe. Des enfants, dorés à souhait, font du charme à leurs parents pour une pomme d'amour ou une gaufre dégoulinante de chocolat.

Pour nous deux, les goûters d'été avaient eu la saveur des biscuits secs et de la limonade blanche, parfois d'une Pégé au caramel. Les pères étaient à la guerre et les mères soignaient ceux qui en revenaient, après avoir perdu un bras dans les batailles, ou un œil, ou une mâchoire, ou la raison, ou parfois tout à la fois.

Sur la plage, des corps se dévoilent, lentement, timides, comme des chrysalides ; d'autres s'exposent, s'envolent fièrement dans les parties de volley-ball. Il y a un parfum entêtant d'huile solaire, de tabac brun, de sel et de coquillages morts.

À la hauteur de l'avenue Louison-Bobet, un peu à l'écart, une jeune femme lasse lit *Lettres à un jeune poète* de Rainer Maria Rilke. Elle est terriblement pâle, on la dirait malade – une nouvelle Madeleine du *Lys dans la vallée*, victime de l'inguérissable phtisie romantique. Tout près d'elle, lui aussi dans un petit fauteuil de toile bleue, un homme regarde la mer sans la voir. Il a la moitié de notre âge, mais il semble déjà usé.

Nous aimons ce coin de plage. Nous y sommes venus chaque été pendant vingt ans. Nous avons vu la construction du centre de thalassothérapie, la fierté de la ville. Nous avons regardé les enfants faire des pâtés de sable, se baigner, jouer aux pirates, puis plus tard, faire les coqs pour les filles qui avaient poussé. Nous avons aimé ces années, aimé leur confortable et rassurante répétition. Notre fille Jeanne a grandi elle aussi ces étés-là, dans le bruit régulier des vagues, de cette mer qui se retire loin, très loin, si loin qu'elle semble à chaque marée avoir disparu.

Aujourd'hui, c'est nous qui sommes venus disparaître.

Nous étendons nos serviettes ; Dieu comme ce geste autrefois si léger, aérien, est devenu une mécanique complexe. Nous avons besoin d'être deux pour y parvenir, à cause du vent, de nos bras tordus ; et comme toujours, cela nous fait rire.

Notre vieille complicité qui fait parfois sourire les gens.

Tout à l'heure, en arrivant ici par les dunes, nous avons croisé deux petits amoureux. Oh, elle devait avoir treize ans et lui quinze. Ils étaient allongés à même le sable, ils regardaient le ciel comme on essaie de lire l'avenir. Ils parlaient de la prochaine fin du monde. Ils parlaient d'être amoureux. Ils parlaient d'un baiser, avant la fin du monde justement.

Ils étaient beaux. Il lui disait victoire. Ils écrivaient leurs premiers mots, ceux que nous n'avons jamais pu nous dire, à cause du fracas de la guerre. À un moment, ils se sont embrassés. Brièvement. Deux petits animaux qui se heurtent. Puis la jeune fille nous a vus, tandis que nous marchions lentement, doucement voûtés, et elle nous a souri. La mélancolie lui avait dessiné une bouche gracieuse. Le jeune homme était soudain grave.

Ils faisaient connaissance avec une autre guerre.

Celle du désir. Celle de l'incertitude.

*

Nous nous sommes mariés deux mois après nos retrouvailles, en novembre 1948.

Nous avons eu beaucoup de mal à obtenir tous les certificats nécessaires, à cause du doute qui subsistait sur le père de l'un, parti rejoindre la Résistance, et dont personne n'avait jamais eu de nouvelles. Il fut décidé qu'il serait porté disparu. *Porté disparu*, comme si quelqu'un l'avait porté quelque part. Là où on disparaît. Où on ne laisse pas d'os, pas de poussières. La formule était glaçante. Nous étions orphelins. Notre mariage allait fonder notre famille.

La fête avait été simple. Devant l'église, à même le parvis, une table dressée. Une nappe blanche, comme une robe de bal, un drap de première nuit. Les religieuses de l'hôpital de Cucq avaient apporté des gâteaux, le frère du curé quelques bonnes bouteilles, et l'on avait ri. Marcel, l'employé de la mairie, avait sorti son accordéon, un Crucianelli rouge comme un Noël, une femme avait chanté Piaf, avec talent : *Va danser, Madeleine qu'avait du cœur, J'suis mordue, Les Amants de Paris* – elle avait évité *Mon légionnaire* –, et novembre avait eu un parfum de mai, un air de liberté soufflait ; c'est ce souffle-là qui fut notre grand cadeau de mariage.

Nous nous sommes installés à Valenciennes, où nous avons tous les deux trouvé un emploi dans le grand magasin Mascaux qui vendait du tissu au mètre, de la mercerie, des patrons de robe, des étoffes pour l'ameublement, des tentures, des couvre-lits. Il y avait tant à recoudre, reprendre, repriser après ces années de cendres, de phosphore blanc et de larmes. Les vêtements. Les peaux. Les cœurs.

La ville, comme le magasin, avait été bombardée et la reconstruction était lente et douloureuse, mais les fleurs et les rêves des hommes repoussent toujours.

L'un était vendeur, l'autre retoucheuse.

L'ambiance du magasin était bon enfant ; tout le monde s'entendait bien grâce à l'amabilité, à la bienveillance de Monsieur Jean, le patron.

Nous habitions un minuscule logement, rue Milhomme, qui donnait sur un petit jardin triste. Nous y avions planté choux, panais, topinambours, tomates et navets – comme tous les enfants de la guerre. Et si *Bambi* était sorti cette année-là au cinéma, si la magie venue de l'Amérique essayait de nous faire rêver, nos vies ressemblaient davantage aux films d'Henri Decoin et de Julien Duvivier. Une gravité sourde, un chagrin qui pouvait rendre méchant, quelques rires, rares encore, et surtout une inquiétude dont nous ne parvenions pas à nous défaire tout à fait. Notre vie avait encore l'odeur de la honte, le goût d'une indélébile meurtrissure. Longtemps, les pétards du 14 Juillet ou la détonation d'un pot d'échappement nous ont jetés, effrayés, dans les bras l'un de l'autre. Mais nos larmes finissaient toujours en rires parce que nous étions restés vivants, et parce que nous étions restés ensemble.

Le magasin Mascaux marchait bien. Les clientes venaient parfois de loin, et repartaient des étoiles dans les yeux. En septembre 1950, Monsieur Jean organisa des « soldes à l'américaine » – il en avait découvert le principe dans le journal. Il s'agissait de baisser les prix d'heure en heure ; le joyeux dilemme alors, pour les clientes, était de choisir entre acheter cette pièce-là à ce prix-là, en sachant qu'elle serait moins chère dans les heures suivantes, mais qu'elle ne serait peut-être plus là. Cela avait donné lieu à des cris hystériques, des paris, une joyeuse pagaille. Le soir de ces soldes – qui furent un formidable succès –, Monsieur Jean nous invita tous au Vieux Manoir, à Aulnoy-lez-Valenciennes. La patronne, Mme Petit, y servait de la viande de cheval bouillie – elle venait de chez Plichon qui, pour faire taire les mauvaises langues, promenait son cheval à la longe afin de montrer à tous que sa viande provenait d'une jeune bête et non pas d'une vieille canasse –, des pommes de terre écrasées, avec un peu, très peu, de lardon. Tout était mauvais mais un vin, épais comme du sang, faisait oublier toutes les misères. Nous étions heureux au milieu d'eux. Les rires revenaient.

À Noël de l'année suivante, nous reçûmes une paye double, ce qui nous permit de prendre un plus grand logement, avec une petite pièce en plus.

Nous pensions qu'elle avait la taille parfaite pour un berceau puis, dans les mois qui suivraient, pour un lit d'enfant.

*

Jeanne naquit quatre ans plus tard, au début de l'été 1955 ; l'année du film *Nuit et Brouillard* de Resnais, et du *2.25* de Chanel – un sac que nous rêverons longtemps de voir au bras de Rose.

Jeanne n'était pas particulièrement un beau bébé ; à la naissance tout au moins. Mais elle représentait un formidable espoir pour nous deux, une vie dans un monde sans guerre, sans ces tourments qui nécrosent l'âme. Ce fut une naissance docile ; en moins d'une heure elle avait été là, au milieu des cris de joie.

Neuf jours plus tard, lorsque nous étions rentrés à la maison, quelques amis du magasin et deux voisins nous attendaient avec du vin clair venu de Provence, des fruits et des pieds de roses – nous avions longtemps rêvé de roses à cause du prénom.

Nous avions bu joyeusement et plantâmes les roses : des Eugénie Guinoisseau, rouge cerise ombrées de violet, au feuillage sombre, et des Mme Alfred de Rougemont, d'un blanc délicat légèrement rose.

Tout comme nos vies, notre potager retrouvait des couleurs.

Un pique-nique s'improvisa ; nous mangeâmes les tomates que nous cueillions à même les branches, quelques gros radis, généreusement saupoudrés de sel. Nous allâmes chercher d'autres bouteilles de vin, du pain noir, du saucisson et, pour la première fois depuis la guerre, nous avons ri sans retenue, sans arrière-pensées ni frayeurs d'aucune sorte. Avec Jeanne, c'était la vie qui repoussait, rose comme ses joues, rose comme les roses.

Cet été 1955 fut un bel été. Nous chantions Charles Trenet, Cora Vaucaire, Francis Lemarque et Georges Brassens, et Monsieur Jean nous offrit quelques jours de vacances. Nous décidâmes de retourner au Touquet – la première fois depuis nos retrouvailles, sept ans

auparavant. Nous étions alors ces parents préve-
nants et maladroits – que nous moquerions plus
tard –, s'inquiétant du vent qui pouvait piquer
les yeux de Jeanne, du soleil qui pouvait la brûler, d'une possible déshydratation, d'une vilaine
guêpe qui tournicotait trop près. Nous n'avions
plus nos mères pour nous enseigner l'art d'être
parent, nous rassurer et nous étreindre, lorsque
nous étions tristes ou juste épuisés.

Nous avons appris à grandir en même temps
que notre fille ; et il n'est pas impossible qu'au
fond ce fût elle qui ait pris soin de nous.

Deux ans plus tard, Jeanne eut un petit frère
pendant trente-quatre heures.

*

Près de nous, la femme somnole.

Le livre a glissé, le vent fait tourner les pages,
comme des grandes ailes de *pieris rapae* dont
nous aimons la pâleur anisée.

Plus loin, derrière nous, la jeune fille surgit
seule des dunes. Elle a une petite expression de
femme déjà, qui chiffonne les traits de son visage.
Quelques secondes après, le jeune garçon apparaît en courant, et la rejoint.

Ils s'arrêtent.

Leurs lèvres semblent prononcer des mots douloureux, des mots d'amour, des mots d'adultes en somme. Le vent nous apporte une courte phrase d'elle. « L'amour, c'est quand on peut mourir pour quelqu'un. » Nous nous regardons, émus. Ils sont nous deux, plus de cinquante ans auparavant ; nous deux, lorsque nous nous étions étreints dans la peur, enfouis dans le sable pour échapper aux balles, et que nous nous étions promis cette même éternité. Mais avec d'autres mots.

Puis ils se séparent. Ils se déchirent, plutôt. La jeune fille vient rejoindre ses parents sous le parasol jaune, et le jeune garçon s'éloigne en direction de la digue, vers le bruit de la ville, vers d'autres blessures.

La jeune fille s'assoit à quelques mètres de ses parents et sa mère demande où est passé Louis. Elle envoie du sable dans le vent, comme s'il s'agissait déjà des cendres de cet amour où l'on peut mourir pour quelqu'un. Elle hausse les épaules, puis murmure : Il est amoureux. Et alors ? questionne sa mère. La jeune fille reste muette. Victoire ? insiste-t-elle. Et la jeune fille au beau prénom de Victoire répond, d'une voix presque triste : Moi pas. Puis elle se lève brusquement et court vers la mer, loin. Nous la suivons du regard ; elle court vite, ses longues jambes donnent l'impression qu'elle va s'envoler. Un flamant rose plein de grâce. Lorsqu'elle entre dans l'eau en courant, les éclaboussures forment un bouquet dont elle serait la jolie fleur. Et puis elle disparaît de nos yeux, sans doute cueillie par d'autres amoureux.

Nous nous prenons la main. Nos doigts rouillés, fatigués, se caressent, se tricotent des bagues. Nous n'avons plus les jambes pour courir vers la mer comme cette petite Victoire, mais nos cœurs peuvent encore nous y mener.

*

Nous ne parlions jamais d'amour entre nous.

Il nous semblait sans doute miraculeux d'avoir survécu aux années de guerre, de nous en être sortis et de nous être retrouvés – c'était peut-être là notre conjugaison amoureuse. Depuis notre promesse terrifiée sur le sable ensanglanté du Touquet en 1943, nous craignions tout ce qui pouvait se perdre, et les mots d'amour sont les plus volatils qui soient.

Mais nous nous aimions.

Nous nous aimions entre les mots et entre les lignes, dans les silences et les regards, dans les gestes les plus simples.

Nous nous aimions dans le plaisir précieux de nous retrouver souvent.

Nous nous aimions en marchant sur la digue d'un même pas, en regardant les mêmes jolies choses.

Nous nous aimions à chaque instant, sans chercher à le prolonger, sans rien lui demander d'autre que ce moment d'éternité, justement.

Les mots d'amour n'avaient rien sauvé. Ils n'avaient jamais couvert le bruit de la mitraille, les hurlements de terreur, ni étouffé la cacophonie de la douleur ; ils étaient le domaine réservé de ceux qui n'avaient pas connu le tumulte des tempêtes ; ils remplissaient leur mémoire de promesses. La nôtre était trop encombrée, et c'était simplement de continuer ensemble, de traverser la vie ensemble, avec nos poids, nos croix, et notre modeste espérance, qui avait été le lieu même de l'amour.

C'est notre amour *dans le silence*, comme nous l'appelions, qui nous permit de ne pas hurler, de ne pas nous taper la tête contre les murs, de ne pas nous arracher la peau, les yeux, le cœur lorsque, trente-quatre heures après être venu au monde, notre petit garçon le quitta ; sur la pointe des pieds, *dans le silence*.

Nous n'eûmes même pas le temps de l'appeler par son prénom.

Plus tard, nous essayâmes à nouveau d'avoir un enfant. Mais nos ventres étaient morts ; deux vieilles viandes dures et stériles, humiliantes et insultantes.

*

Le 26 septembre 1959, alors que Jeanne avait quatre ans, elle fut choisie avec d'autres enfants pour accueillir le général de Gaulle qui venait inaugurer le nouvel hôtel de ville de Valenciennes. Celui-ci avait brûlé en 1940 mais, par miracle, sa magnifique façade avait été épargnée – à l'exception de la cloche et du fronton de Carpeaux qui s'effondrèrent, sans toutefois blesser personne. Le ministère de la Reconstruction avait décidé de restaurer la façade, à l'identique, et de la compléter, sur l'arrière, d'un bâtiment moderne.

Rose

Jeanne était ravissante. La disgrâce des premières années s'était estompée et nous avions coutume de dire que les cendres des années noires s'étaient envolées de son visage, comme de celui du monde, enfin apaisé. Jeanne tenait un bouquet de roses roses – une composition précieuse des roses anciennes de notre jardin : des Damas, des Enfants d'Orléans et des Maréchal Davoust –, parce que cette couleur signifiait *joie* et quand une ville se relève de ses ruines, c'est toujours un moment de joie. Et c'est le sien, son bouquet, dont s'empara le général de Gaulle, lorsque les enfants lui tendirent les leurs.

Ce choix allait changer notre vie.

Cette année-là, cent quatre ans après les rêves de Jules Verne, dix-neuf ans après les aventures de Tintin, deux hommes marchèrent sur la lune.

Nous avions passé la nuit du 21 juillet dans le jardin de notre maison près de Lyon à l'observer. Nous n'avions pas encore de téléviseur, juste de misérables jumelles ; et Jeanne, déçue de n'avoir rien aperçu, aucun marcheur d'étoiles, aucune fusée étincelante, épuisée par l'attente d'un événement mondial qu'elle ne voyait pas, s'était finalement endormie entre nous deux. Elle avait alors quatorze ans. Elle était longue, elle était pâle, elle était joliment faite, et nous surprenions parfois, non sans fierté, des regards en coin de garçons dans la rue. Elle avait été une enfant facile, aimable, drôle parfois ; elle était le meilleur de nous deux.

Lorsqu'elle avait voulu savoir, nous lui avions raconté nos enfances au temps de la guerre. Raconté notre rencontre, quand elle nous l'avait demandé, et sursauté lorsque nous lui avions appris que non, Jeanne, non, nous n'avons pas eu de coup de foudre comme dans un livre. Nous avions surtout moins peur ensemble, nous pensions que nous tomberions moins facilement en étant deux. Et elle avait soupiré, un petit soupir de grande déjà, et avait dit : Ça va, ce sont des mots d'amour ce que vous venez de dire.

Nous nous étions installés près de Lyon, à Feyzin, où nous avions acquis une immense roseraie.

Cela faisait près de huit ans que nous avions quitté Mascaux, le grand magasin de Valenciennes, pour ce rêve de fleurs. Nous faisions pousser la beauté de l'un de nos prénoms. Nos roses étaient belles, délicates et précieuses. Pour la plupart, il s'agissait des roses anciennes : Commandant Beaurepaire, Ipsilanté, Amélia, Belle Portugaise, Chaplin's Pink Climber, Gabrielle Privat. Les fleuristes de la région venaient tous se fournir chez nous, la Maison Vilmorin nous

commandait quelques espèces rares. Nos journées avaient le parfum et la douceur des roses,
elles étaient la beauté et la grâce qui manquèrent
à nos enfances. Nous pensions que nos fleurs
réparaient le mal des hommes, la cruauté des
lâches, qu'elles pouvaient être le langage d'amour
des timides, des craintifs, de tous ceux que les
mots parfois effraient parce qu'ils sont comme
des armes. Ils peuvent faire le bien ou le mal.

Il était plus facile d'envoyer deux roses liées
qui portaient un message d'envie. Trente-six
roses pour déclarer sa flamme. Ou cent une,
qui traduisaient de façon impérieuse un amour
infini : *je vous aime sans compter, je vous aime
sans limite, ah ! si vous saviez,* que de prononcer
quelques mots usés.

Cette année-là, nous avons créé une rose au
nom de notre fille : *Jeanne.* À fleurs doubles, qui
s'ouvraient à plat en quartiers, d'un beau rose
foncé, presque cerise en leur milieu, d'un rose
argenté en dehors, embrassée d'un feuillage vert
foncé.

Jeanne trouva sa signification : *qui aime ses
parents.*

Cette même année, nous avons ouvert un
magasin de fleurs à Lyon, avenue Adolphe-Max.

L'un resterait à la roseraie lorsque l'autre tiendrait le magasin.

Ce fut la première fois que nous nous séparions depuis nos retrouvailles au Touquet, au début de l'hiver 1948. Une morsure dans nos cœurs.

*

À quelques mètres de nous, la lectrice referme son livre, à regret, le range. Elle se lève doucement, lasse déjà, alors qu'elle semble encore si jeune. Son mari est debout aussi, il l'aide ; il plie les deux petits fauteuils bleus, le parasol jaune – qui donnait au visage de sa femme un teint plus doré que d'ordinaire, même si, dans le ciel, le vent et les nuages conjuguaient des menaces.

Ils n'attendent pas leur fille. Ils pensent sans doute qu'elle nage vers d'autres rencontres. Vers les dangers de son âge. Ils se retrouveront probablement plus tard, aux heures troubles.

En partant, la lectrice nous salue, son mari l'imite, avant de s'éloigner vers la route, les immenses parkings là-bas qui font injure à la beauté du bord de mer.

L'après-midi tire à sa fin.

Rose

Les jeunes filles regagnent leurs salles de bains pour se préparer à être belles et désirables, ce soir ; à faire tourner les têtes au bal. Les garçons commencent à boire un peu d'alcool pour se donner du courage, les hommes pour enfin oser aborder les femmes, espérer recueillir le chuchotement d'un oui. C'est toujours la même histoire, en temps de guerre comme en temps de paix, en été comme en hiver, cette nécessité de n'être pas seul.

Cet appétit d'être aimé.

Au fil des heures, la mer s'éloigne, comme un drap qu'on retirerait doucement, qui dévoilerait une peau claire, vierge de toute conquête.

Nous y marcherons, plus tard, dans la fraîcheur du soir. Nos pieds nus s'enfonceront à peine dans le sable humide. Ils y dessineront notre route, nos vies parallèles, notre longue histoire d'amour.

Pour l'instant, nous avons un peu froid, en même temps, comme toujours. Nous nous soucions toujours de l'autre, depuis toujours. Nous sortons nos gilets de notre cabas, nous nous aidons à les enfiler. Nos bras tremblent depuis longtemps, nos corps frissonnent désormais. Nous sommes deux petits vieux charmants ;

on nous sourit souvent, on nous dit que nous sommes beaux, que nous allons bien ensemble, et ces petits commentaires bienveillants sont comme des pétales de bonté.

Nous aussi nous remontons vers les vilains parkings, traversons le boulevard de la Plage, prenons la rue Dorothée, le boulevard Daloz. Nous adorons zigzaguer dans les rues, nous aventurer à ne jamais prendre les mêmes, et avoir ainsi l'illusion de se perdre pour offrir à l'autre la joie de retrouver le bon chemin.

Là-bas, nous reconnaissons la femme du bar de l'hôtel qui s'était assise hier soir à notre table. Elle nous avait émus parce qu'elle ressemblait à une survivante – et les survivants, ça nous connaît, nous savons de quoi ils sont capables pour rester en vie. Nous avons accéléré le pas parce qu'elle était au bras d'un homme, qu'elle avait l'air heureux, de ce bonheur qu'on n'ose déranger, même d'un sourire.

Et nous voilà déjà de retour au Westminster où la chambre que nous occupons porte le même numéro que celle qui vit nos épousailles, dans le gris poussiéreux, cendré, de l'hiver 1948. La chambre a changé bien sûr, comme tant de choses ici : la vue, les hommes moins élégants, les femmes plus déchiffrables. Plus on se rapproche des choses, plus le mystère s'en éloigne. Nous étions tous deux sensibles à la pudeur et au silence ; nous préférions l'obscurité bienveillante d'une chambre à sa clarté parfois blessante. Nous nous connaissions intimement sans jamais nous être vus précisément. La beauté de l'autre était dans ce qu'elle conservait toujours une part de mystère ; ce qui, dorénavant, ne semble plus avoir d'attrait pour personne. « Il faut épouser son temps », avait un jour lancé le peintre Daumier à Ingres. « Et si le temps a tort ? » lui avait répliqué le néo-classique.

Le monde a changé et nous partons.

Nous emportons le fracas des bombes, les images de corps morcelés, du sable qui boit le sang à la vitesse d'un buvard ; nous emportons une certaine peur des hommes ; nous emportons le souvenir de nos maisons effondrées, du silence qui suit les hurlements ; nous emportons nos fantômes et notre désespérance de Dieu – Dieu qui a tant abandonné, tant oublié ; Dieu qui a si peu aimé les hommes.

Plus tard, nous descendons au bar de l'hôtel.

Il y a beaucoup de monde, beaucoup de bruit. Certains regards brûlent. Certains rires sont des portes qui s'ouvrent. Des échancrures qui bâillent, des invitations empressées. Des soupirs promettent des nuits longues ; quelques rires brefs, des instants fugaces.

On nous installe un peu à l'écart – notre grand âge, sans doute. Nous commandons deux verres de porto. Du *Castelinho Réserve*. C'est notre gourmandise. Notre seul petit vice. C'est un vin à l'arôme intense, où les fruits mûrs et la confiture aux fruits rouges prédominent, puis révèlent des nuances de vanille et de café. Il a la densité d'un baiser patient. Nous le dégustons à petites gorgées. L'alcool agit lentement, nos esprits vagabondent. Nous ne parlons pas ; pas avec les mots en tout cas.

Nos regards savent.

Ils revoient, ce soir, les voyages qui nous conduisirent ici. L'odyssée de notre vie. Cet impérieux désir des bras de l'autre, éclos sur le sable pourpre du Touquet.

Ils revoient notre petit garçon mort ; les autres qui ne sont pas venus.

Ils revoient les épines et les roses ; les années plus douces ensuite. Jeanne qui grandissait, s'épanouissait.

Ils revoient les vingt ans ravissants de notre fille, le tourbillon joyeux des années 1970, les chansons de Nicole Rieu, l'insubmersible *Été indien* de Joe Dassin, les pantalons à pattes d'éléphant, les brushings virtuoses des vedettes américaines.

Ils revoient ce gentil fiancé.

Ils revoient la manière dont ils se tenaient la main, notre fille Jeanne et lui, en se jurant que, comme pour nous, rien ne les séparerait jamais. Et puis le mariage, et puis les maisons visitées, pleines de chambres, de jardins, et de fleurs, et puis la méchante douleur au ventre, l'échographie suspecte, le mauvais scanner, le ventre qu'on ouvre et qui révèle l'ampleur du mal, un champ de bataille, tous les dégâts, et le gentil mari qui ferme les yeux, ne les rouvre plus, sa tête qui glisse sur le côté, il ne tiendra jamais ses promesses d'éternité.

Nos regards revoient ce soir l'infinie colère de Jeanne, sa guerre à elle, ses larmes, ses cris, cet immonde silence soudain qui étouffe les cris, et le chagrin enfin, immense, inconsolable, qui pousse dans ce silence.

Et puis Jeanne était partie en Inde dompter ses peurs, côtoyer la mort. Elle avait marché pendant des semaines jusqu'à ce que ses larmes s'assèchent. Elle avait croisé d'autres marcheurs, égarés eux aussi. Plus tard, ils avaient posé ensemble leurs sacs à Bahipur Hajjampati, un village désolé de l'Uttar Pradesh, l'une des régions les plus pauvres du monde, et commencé à donner ce que la vie leur avait pris. Nous recevions deux fois par an une longue lettre et, au fil du temps, les mots s'apaisaient ; parfois, il semblait même que son rire affleurait. Nous sommes allés la voir en 1980. Nous avons fêté ses vingt-cinq ans, dans la misère. La beauté de notre fille s'était durcie, comme si elle avait cherché à l'enfouir, la soustraire au monde et aux regards des hommes. Nous avons partagé quelques jours de sa vie, assisté aux cours qu'elle donnait aux enfants affamés de tout, l'avons aidée au dispensaire. Elle était fière dans tout ce qu'elle faisait. Elle était grave. Elle ne parlait pas de rentrer, elle ne parlait pas de lendemains, elle avançait désormais, pas à pas, dans son après-guerre à elle ; pas à pas, elle ouvrait la route aux autres.

Nous avons pleuré longtemps dans l'avion du retour, mais il nous semblait que c'était là des larmes de joie.

Nos regards se souviennent.

Rose

En rentrant d'Inde, nous avions définitivement rangé les restes d'enfance de notre fille : quelques livres, une boîte d'aquarelle, deux poupées et la patte rabougrie d'un ours en peluche. Nous allions vers nos soixante ans, il était temps de la laisser partir, temps de ne plus avoir peur pour elle – et ce fut le plus difficile. Nous avons continué à cultiver nos roses, nous partageant entre la roseraie de Feyzin et le magasin de Lyon, et nous avons commencé à dessiner la route qui nous mènerait ici, aujourd'hui, en ce dernier 14 Juillet du siècle.

*

Le jeune serveur nous propose un second verre de porto et ce soir, nous acceptons, en rougissant. Cette fois-ci, il apporte en plus quelques olives, quelques chips, et ce dernier apéritif de notre vie a un petit air de fête. Nos mains se rejoignent au-dessus de la table. Nous nous sourions. Il n'y a aucune peur sur nos visages.

Nous sommes prêts depuis longtemps.

Depuis longtemps, le corps de l'un est une souffrance. Ses doigts sont raides. Lacer une bottine ou nouer une cravate est une douleur.

Les yeux de l'autre s'enfoncent dans le trouble et pleurent sans pouvoir s'arrêter, des larmes très anciennes.

Marcher nous épuise vite, même si nous ne renonçons pas.

Le bruit nous donne la migraine et, parfois, il nous faut un temps déraisonnable pour retrouver la précision des souvenirs, mettre un nom sur un visage, se remémorer toutes ces choses de notre vie qui construisirent notre félicité à être ensemble.

Nos impatiences gagnent. Elles nous rendent susceptibles, parfois blessants.

Nos ventres s'accommodent de plus en plus mal des nourritures que nous aimions. La tiédeur d'un thé nous brûle la bouche.

Nos dents s'effritent.

Nos sourires ont perdu leur éclat.

Nos mains se tétanisent, nos doigts se rouillent, nos lèvres tremblent. Certains mots ne parviennent plus à les franchir, et ces mots qui nous manquent nous avertissent que nos liens s'effilochent, s'épuisent, et qu'un beau matin, l'un de nous risque de faire faux bond à l'autre, le laissant seul, dans le cancer de la solitude, la honte de la déliquescence.

Rose

*

Nous ne prendrons pas de troisième porto.

Nos yeux brillent déjà, comme aux temps des bonheurs. Nous signons la note, et le prix de notre modeste vice rejoint la facture de la chambre que nous avons tenu à régler maintenant.

Mais vous ne partez que demain ! s'est opposée la réceptionniste.

Sans doute très tôt, avons-nous répondu.

Dans la chambre, nous rangeons nos affaires, faisons notre valise. Nous regardons un peu la télévision, le temps que la nuit tombe tout à fait.

On y annonce que seulement 30 % des ordinateurs russes sont prêts pour l'an 2000. On y rediffuse les images du défilé, avec, cette année, la présence de la garde royale marocaine, et des binious de Lann-Bihoué. On y apprend la victoire du cycliste Giuseppe Guerini dans l'étape de L'Alpe-d'Huez, malgré sa chute. On y prévoit un temps frais sur le pourtour de la Manche pour demain matin, et une température pouvant atteindre dix-neuf degrés dans l'après-midi. La mer sera froide.

Puis la nuit est là. Et nous sortons.

*

Il y a plusieurs bals dans la ville, dont un sur la digue.

Des ampoules multicolores dessinent les contours de la piste où les corps des filles dansent et se rapprochent. Il n'y a pas de peines, pas de chagrins dans un bal, juste d'immenses espérances.

La seule fois où nous avons dansé fut à la Libération. Nos corps s'étaient comme échappés de nous-mêmes. Ils tourbillonnaient, ivres, ils passaient de bras en bras, des bouches écrasaient nos joues, des lèvres goûtaient les nôtres, des rires sonnaient à nos oreilles, des mains réveillaient des frissons anciens. Une heure, deux heures durant, nous ne nous étions plus appartenu, nous étions le corps même de la joie, sa chair et son sang. Une heure, deux heures durant, la fin de la guerre avait apporté la fin de la peur, l'envie de hurler des mots oubliés, l'envie d'y croire.

Mais les pardons sont si difficiles.

Nous longeons la piste de bal, nos vieux corps ne pourraient plus se trémousser ainsi aujourd'hui ; nos vieilles mains s'agrippent l'une à l'autre lorsque, derrière les cabines de plage multicolores, nous descendons les marches de bois usé, si peu profondes, dangereuses, qui nous mènent sur la plage. Nous enlevons nos chaussures et aussitôt le froid du sable nous saisit. Nous grelottons. C'est un frisson d'enfance, une redécouverte. Une surprise.

Nous sourions, nous sommes en paix.

Nous marchons longtemps pour atteindre la mer ; elle est si loin à cette heure-ci. L'humidité du sable engourdit nos pieds. Nos foulées se font moins longues, sont plus douloureuses. Les lumières de la ville s'éloignent. Dans le noir, le fracas des vagues est assourdissant, il étouffe les cris, les dernières réticences et les dernières paroles.

Nous nous sommes aimés toutes ces années, avec une très grande tendresse, une douceur dont nous ne nous imaginions pas capables.

Nous avons survécu à la tristesse de notre fille Jeanne.

Nous avons pardonné à ces enfants qui ne sont pas venus.

Nous avons eu quelques amis fidèles que nous avons gâtés, des amis qui nous ont fait rire.

Nous avons, grâce à nos roses, fait rosir les joues de milliers de fiancées ; nous avons permis à des milliers d'autres d'oser déclarer leur flamme. Les roses rouges, *la passion* ; les roses roses, *la grâce, l'envie d'être aimé* ; les rose pâle, *la tendresse* ; les blanches, *l'amour secret* et parfois, *la résignation* ; celles aux tons crème enfin – nos préférées ces dernières années –, *la douceur d'aimer.*

Nous avons traversé ce très long demi-siècle ensemble.

Nous nous sommes rencontrés dans la clarté aveuglante d'une mine enfouie sur cette plage, et nous avons décidé de nous effacer dans l'obscurité glacée de cette même plage. Tout à l'heure il y aura un feu d'artifice.

Et la mer boira nos larmes.

Il ne doit pas faire plus de neuf ou dix degrés.

Lorsque nous entrons dans l'eau, nous espérons chacun, secrètement, que cela arrive rapidement.

Nous marchons. L'eau est très vite à nos genoux, puis à notre taille, alors nous nous mettons à nager, nos gestes sont engourdis, ralentis par nos articulations rouillées, et le froid intense. Nous nageons une brasse maladroite. À chaque mouvement de bras, nos doigts se touchent, se rassurent de la présence encore de l'autre. Lorsque nous n'avons plus pied, nous cessons notre nage et nous nous redressons dans l'eau. Nos jambes épuisées font des petits moulinets.

Nous nous embrassons, nous nous remercions pour cette longue vie, nous sommes alors profondément heureux.

Puis nous nous demandons pardon, et nous nous pardonnons.

Nos mains tremblent déjà, elles sont glacées.

Nos lèvres sont incapables d'articuler un son. Nos mains s'agrippent l'une à l'autre. Nous attendons, sans plus la force de nous sourire.

La mer boit nos larmes.

Et soudain, ça y est.

La main de l'un se relâche, sa tête bascule, l'eau salée inonde sa bouche, il a un hoquet de surprise, un dernier réflexe de garder la tête hors de l'eau, mais elle retombe aussitôt. Qu'il est dur pour celui qui est encore là de ne pas être celui qui part en premier, celui qui ne pourra pas sauver l'autre.

La main coule, les jambes ne bougent plus. Là où était sa vie un instant plus tôt, viennent éclater les dernières bulles d'oxygène.

L'eau glacée a étouffé les cris.

L'eau glacée a envahi la gorge, les poumons, a alourdi le corps et l'a entraîné dans ce ventre d'eau noire.

Ce dernier 14 Juillet du siècle.

Rose

*

Alors, dans un bruit de tonnerre, comme ceux d'explosions de mines, les premières rosaces rouges et jaunes du feu d'artifice déchirent le noir, illuminent le ciel, et éclairent d'or et de sang mon visage épuisé, tandis que je regagne le rivage d'une nage paniquée. Désarticulée.

*

Lorsque le survivant arrive sur le sable humide, dur comme un ciment, et avant que l'épuisement, le froid, la peur et le chagrin ne le fassent s'évanouir, il prononce le nom d'une fleur.

PIMPRENELLE

C'est la nuit.

Dehors le nordet s'est levé et, bien que l'été approche, je sais que ce vent apporte le froid. Notre maison qui donne sur la pointe de la Rognouse tremble un peu ; nous l'avons choisie, ma femme et moi, parce qu'il n'y a pas vraiment d'été par ici. Nous nous méfions d'eux depuis nos quinze ans, ils chauffent le sang. Nous préférons ce pays hors saison, comme dans la chanson de Cabrel.

Dix ans ont passé depuis l'été de notre unique baiser ; ma silhouette ressemble à celle de mon père sur les photos. J'ai son rire parfois. Mais, contrairement à lui qui n'a pas eu le temps, j'ai appris que la grâce ne dure pas éternellement ; que les douleurs sont toujours là, tapies dans nos ombres, dans nos heures sombres.

Plus d'un an après ma pimprenelle, on avait sonné à la porte. Il était tard, l'obscurité était silencieuse.

J'étais allé ouvrir.

Victoire.

Elle n'avait pas de valise, pas de sac, pas de passé. Quelque chose avait griffé les cabochons de ses yeux, l'éclat d'émeraude s'était terni et je pleurais lorsqu'elle avait franchi le seuil de mon appartement.

Elle tenait un plant de myrte dans ses mains.

Myrte : *oui, amour partagé.*

Alors je l'ai prise dans mes bras, bouleversé, comme on accueille quelqu'un qui s'est perdu et qui tremble encore ; et jamais, depuis ce jour, nous n'avons parlé de ces années.

Elles sont entre nous comme une fissure pourpre. Une ligne de sang infranchissable.

Il y a quelques instants, je suis allé couvrir notre fils ; il aura bientôt trois ans, il a les yeux verts de sa mère et la bouche de mon père, d'après ce que j'en sais. Ma mère en est folle ; elle voudrait quitter Sainghin, se rapprocher de nous.

Pimprenelle

Elle a acheté un ciré, des bottes, une épuisette raquette, une bourriche ; elle regarde les horaires des marées ; elle nous imagine tous sur la plage, elle devine nos rires ; elle s'initie aux crêpes, au kouign-amann ; elle apprend des mots bretons : *degemer mat* (bienvenue), *trugarez* (merci), *brav eo !* (c'est beau !) ; rien que les mots gentils. En attendant, elle passe ses journées avec la poétesse de porcelaine. Depuis quatre ans, l'été, elles organisent « Les Jardins de la Poésie ». Il n'y a pas foule, et ceux qui viennent, me dit-elle, lisent des textes épouvantables (les leurs) mais tout ce petit monde est heureux et attend en rêvant une part d'immortalité.

Le vent est plus fort maintenant. L'air est salé. Il a le goût de ces larmes qui ne sortent plus depuis l'été de mes quinze ans, qui me noient chaque jour davantage.

Je repose mon crayon.

Je vais aller m'allonger à nouveau auprès d'elle, dans notre lit ; je vais me serrer contre elle, fort, à en étouffer, jusqu'à la naissance du jour, ma peur inconsolable d'être abandonné d'elle.

Mon intranquillité.

EUGÉNIE GUINOISSEAU

Cet été, Cabrel ne chante pas.

Pas de nouvelle chanson en tout cas. L'été dernier, l'un de ses tubes avait pour titre *Des roses et des orties*. Et il résume bien ma vie, ce titre.

Surtout les *orties*.

Ma mère est morte au printemps dernier, à l'heure où les fleurs éclosent. Elle ne s'est pas réveillée – elle qui détestait préparer le petit déjeuner, elle s'est évité une dernière corvée. Alors je suis devenue vraiment orpheline ; et mon fils n'a même pas eu peur pour moi, même pas eu froid pour moi ; il est parti fêter ses dix-huit ans en Espagne avec ses amis, ses dix-neuf ans cet été en Asie avec une fille ; et d'orpheline, je suis deve-

nue seule. Seule, « Comme jour/Comme nuit/
Comme jour après nuit/Comme pluie/Comme
cendre/Comme froid/Comme rien », comme le
chantait Barbara.

J'ai gardé notre appartement, rue de Paris ;
j'ai jeté tous nos souvenirs, les jouets de plage,
les cadres en coquillages d'Hector. On dirait un
appartement témoin maintenant. Témoin du
vide de ma vie.

Et puis quelques *roses,* puisque j'ai rencontré
un homme. Il y a deux ans.

Notre rencontre a eu lieu devant l'église Sainte-
Jeanne-d'Arc – alors que je me rendais au marché
couvert de la rue Jean-Monnet, dans l'agréable
chaleur d'une fin de matinée d'été, dans l'odeur
de la mer, les braillements des mouettes – qui
n'ont absolument rien de romantique. Il sortait
de l'église, au milieu d'un cortège de gens en
noir, en gris sombre. Les femmes portaient des
chapeaux de paille, à cause du soleil, et les rares
enfants, des bobs clairs aux logos d'anisettes.
Quelques larmes, quelques embrassades tristes.
Nos regards se sont croisés tandis qu'il allumait
une cigarette. Je ne parle pas de coup de foudre ni
de sauvagerie, mais de désir, de civilisation. Face
à son regard, son sourire, l'indécence de la situa-

tion, mon cœur s'est emballé, mon ventre s'est contracté. Lorsque le groupe s'est mis en marche, je me suis faufilée dans le cortège. L'homme a souri, s'est approché de moi. Presque à me toucher. J'ai perçu son odeur de tabac brun et de café. Nous avons cheminé en silence jusqu'au Grand Hôtel, où était offert un vin d'honneur. Nos doigts se sont frôlés, brûlés. Il m'a présentée à quelques personnes de sa famille : j'étais soudain la cousine Martine, de Saint-Omer. Mais si, Tata Andrée, Martine, tu sais bien, la fille de Jacques. Et la pauvre Andrée qui bavait un peu, dodelinait un peu, a froncé les sourcils et s'est souvenue : ah oui, Jacques, Jacques, mais je ne me rappelais pas qu'il avait une fille. Notre premier fou rire.

Plus tard, alors que les proches évoquaient, photos à l'appui, la vie du mort (son amour des chiens de chasse, sa passion des westerns), nous avons fui pour nous retrouver dans les vestiaires de l'hôtel, où nos appétits sauvages, irrépressibles, avaient commandé. Ça avait été fort, beau et impudique. Fusionnel. Et j'avais cru à quelque chose. Une rencontre. Une possibilité.

Mais la menace n'est jamais loin.

Dans nos souffles qui s'apaisaient, il m'avait dit qu'il m'aimait. Qu'il voulait me revoir. Il avait demandé mon prénom, voulu savoir si j'aimais la musique classique. Les crêpes. Le vin. Les films de Judd Apatow. Et je l'ai cru. Je vous jure, monsieur Rose, qu'à cet instant-là, allongée sur le carrelage frais, j'ai pensé que c'était le bon. Le bon type. Le bon jour. Que c'était un départ possible, qui mènerait enfin à mon histoire d'amour. Nous nous sommes téléphoné. Nous nous sommes revus quelques jours plus tard, dans sa location à Hardelot. Mêmes faims, mêmes impatiences. Mêmes incandescences. J'avais de nouveau quinze ans, la bouche en cœur, le cœur offert.

La menace.

Dans la fumée des cigarettes d'après : ses mots. Comme les lames anciennes de mes couteaux à viande. Il était marié. Mais ça ne durerait pas. Il me demandait de l'attendre. Il promettait, suppliait. Déjà. Alors je n'ai plus rien attendu de l'amour, monsieur Rose. Et *les orties* sont revenues. Ma peau est redevenue douloureuse, boursouflée de manques, scarifiée de peines. Mon chagrin des hommes est inconsolable, vous savez. Je suis inguérissable. Je ne me suis plus jamais offerte à un affamé. Je ne suis plus jamais sortie la nuit, je ne me suis plus perdue dans les ombres, dans les haleines chaudes du mensonge. J'ai fermé mon corps, cousu mon sexe, verrouillé mon cœur. Et je suis restée vivante.

Je n'ai jamais eu beaucoup de chance avec les hommes.

*

Ce matin, la pluie menace, sur Le Touquet. Sur la digue, les enfants râlent, les mères ont prévu les cirés, les bottes. La plage est déserte et grise.

Ce matin, comme chaque matin de juillet depuis dix ans, je viens voir Monsieur Rose. Comme chaque matin de juillet depuis dix ans, je lui apporte une Eugénie Guinoisseau – celle d'aujourd'hui tire sur le mauve –, et ce matin, je lui lis quelques pages des *Enfantines* de Larbaud, les histoires de Rose et de Röschen, de Julia, de Justine – toutes ces petites filles que nous étions, rêveuses, amoureuses, et que grandir a souvent abîmées.

Ce matin, une femme s'est approchée de nous. Elle était accompagnée d'un très bel homme, un Indien. Elle m'a demandé, d'une voix très douce, si je connaissais ce… *Monsieur Rose.* Je lui ai souri. Je lui ai répondu que oui. Que non. En fait, je. Mais que. Alors elle s'est assise à côté de moi, et m'a raconté l'histoire de Pierre et de Rose.

Quand elle a eu fini, quand nos larmes se sont taries, j'ai compris qu'il existait un amour plus grand que nous. Plus grand que moi.

Et que j'avais la chance d'en faire partie.

JACINTHE

On annonce une température de quatre-vingt-six degrés Fahrenheit (trente degrés Celsius) pour aujourd'hui.

Il y a dix ans, au Touquet, il faisait à peine plus de vingt degrés, et la mer était glacée. On racontait qu'un homme avait voulu s'y noyer un soir de bal.

Nous ne sommes jamais retournés au Touquet.

Nous y avons laissé les dépouilles d'une certaine Monique, d'un certain Richard.

Nous les avons laissées s'échouer, se fracasser aux rochers et disparaître.

Sur le sable tiède des dunes, nous sommes devenus Louise et Robert. Dans la fraîcheur des draps d'un hôtel – dont nous avons oublié le nom et dont la vue était spectaculaire. Dans la moiteur d'un kitschissime bar Art déco. Dans les brûlures de nos corps nouveau-nés. Dans l'eau chaude d'une baignoire. Dans nos yeux. Et dans nos impudiques avidités, nous sommes devenus Louise et Robert.

Il y a dix ans déjà.

*

Depuis bientôt dix ans, nous sommes installés ici.

Dans le Nord-Est américain, près de Bovina, à cent cinquante miles au nord de la ville de New York. Nous avons construit une maison en bois, à Mountain Brook. Elle donne sur la Little Delaware River, et chaque matin, lorsque nous ouvrons les volets, c'est un nouveau merveilleux tableau. La maison est grande, amicale. Chaque été, chaque hiver, viennent nos trois fils. Au début, avec leurs fiancées. Puis plus tard, avec leurs femmes. Et maintenant, avec leurs enfants.

L'hiver est très froid ; la neige bloque parfois les routes durant toute une semaine, et lorsque nous ne skions pas, nous passons des heures près de l'immense cheminée, à laisser le feu brûler nos peaux et nous enflammer.

Nos enfants seront là dans deux semaines, aux premiers jours d'août. Nous ferons alors d'interminables barbecues. Les garçons iront canoter ; ils se prendront alors pour les frères Maclean d'*Au milieu coule une rivière*, mais ils n'ont jamais, à ce jour, réussi à attraper une truite aussi énorme que celle que Garnett Lee, notre adorable voisin, se vante d'avoir un jour pêchée – laquelle mesurait près d'un mètre et pesait plus de sept kilos.

Dans deux semaines, nous retrouverons pour un mois la grâce de nos étés d'antan, avant que des ailes ne poussent au dos de nos fils ; de ces étés que nous passions au sud, dans ces villages de France.

C'était avant le froid. Avant le glacial de leurs départs.

Avant que je ne devienne Louise, pour ne pas mourir.

*

Depuis dix ans maintenant, nous avons tenu toutes nos promesses du Touquet.

Nous avons fait le vide. Jeté les choses inutiles. Les souvenirs encombrants. Les mensonges nécessaires.

Nous avons construit cette aimable maison où personne d'autre n'a vécu avant nous. Nous avons un très grand lit. Une grande baignoire. Nous nous offrons toujours des jacinthes rouges et nous rougissons encore. Nous faisons très souvent l'amour, dans le grand lit, dans la grande baignoire, dehors, dans la rivière, avec toujours une immense gourmandise, et une impudique effronterie.

Les menaces se sont éloignées, jusqu'à disparaître.

Nous sommes prodigieusement amoureux – depuis trente-cinq ans. Nous sommes le dernier de l'autre, et cette certitude nous rend profondément apaisés, heureux et libres. Nous sommes éternellement beau à l'autre désormais. Nous sommes une histoire sans histoire. Un amour immense, qui ne mérite pas un livre ; personne n'en a d'ailleurs jamais réussi un, qui commencerait par « Ils vécurent heureux ».

Au fond, nous sommes un couple sans intérêt.

Jacinthe

*

On annonce une température de quatre-vingt-six degrés Fahrenheit (trente degrés Celsius) pour aujourd'hui.

ROSE

Elle était arrivée de Jagdalpur, dans le Chhattisgargh – un État né avec le siècle, où je n'étais restée que quelques semaines.

Avant cela, elle avait transité par Sri Ganganagar, à la frontière pakistanaise, puis Bânsvâra, surnommée la ville aux mille îles. L'enveloppe portait d'autres noms encore, d'autres lettres ; elles étaient les grains du chapelet de mon long périple indien, de ma lente et douloureuse mue. À chaque déplacement, j'abandonnais un peu plus de mon chagrin d'avoir perdu mon mari, trop tôt après notre mariage. Mais mes larmes étaient longues à s'assécher.

Bombay et Nagpur ensuite, dans la province du Maharashtra. Dhanbad, dans le Jharkhand, la ville sombre aux cent douze mines de charbon et, ironie des mots, la célèbre *Indian School of Mines.*

Puis Tirukalu Kundram, dans le Tamil Nadu.

Puis Auroville l'utopique, où j'ai rencontré Âdi Sharma, l'homme que j'aime et qui m'aime ; Âdi Sharma, dont le prénom signifie *le plus important,* et le nom *joie et abri.*

C'est à Baghdoba, sur le golfe du Bengale, que cette lettre m'est enfin parvenue. Après neuf ans de voyage.

L'écriture de ma mère.

C'était d'autant plus étonnant que, dix ans plus tôt, n'ayant pas eu de nouvelles de mes parents depuis plusieurs mois, j'avais appelé une voisine qui, en larmes, m'avait appris leur disparition. Ils étaient partis en voiture et n'étaient jamais arrivés quelque part. On avait supposé qu'ils avaient eu un accident. La gendarmerie avait survolé plusieurs fois les routes du département mais n'avait rien trouvé. On n'avait plus qu'à attendre qu'un chasseur ou un randonneur découvre un jour la carcasse de l'auto dans un ravin, ou un pêcheur, au fond d'une rivière.

Rose

La lettre datait du 14 juillet 1999. Nous étions le 15 novembre 2008.

*

Ma chérie. Ton père et moi sommes retournés au Touquet ; ici même où nous nous sommes rencontrés, un jour de bombardement ; ici même où tu as grandi, où tu as fait tes premiers pas et où tu as connu ton premier fou rire de petite fille. Tu avais été surprise alors, parce qu'il avait paradoxalement fait naître des larmes à tes yeux, et très vite, tu avais compris que toutes les larmes n'étaient pas nécessairement tristes.

Nous avons fini notre route, ton papa et moi. Nous nous sommes aimés chaque jour, chaque nuit, pendant plus d'un demi-siècle. Tous ces matins à nous réveiller ensemble, vivants, ont été un bonheur infini.

L'amour est d'avoir toujours quelque chose devant soi, un nouveau matin, puis un autre encore. Nous n'en avons plus qui nous attendent, ou si peu. La menace est à l'intérieur désormais.

Nous avons bien vieilli. Nos corps sont fatigués maintenant. La souffrance pointe le bout de son vilain nez. Nos doigts sont engourdis et se cassent.

Nous sommes repus de souvenirs, et le tien est l'un des plus beaux. Nous ne voulons pas que la grâce de l'amour s'abîme, et ne nous laisse plus que le chagrin des choses laides. Nous sommes toujours beaux, une femme nous l'a encore dit hier, à l'hôtel, mais c'est surtout lui ; je ne le lui dis plus, car il me traite de menteuse, ou de charmeuse. Il me fait encore rire, tu sais.

Notre départ ensemble est une béatitude. Il n'y a pas de tristesse possible.

Cette nuit, sur la plage, en marchant sur l'eau, vers nos étoiles, nous penserons à toi qui as été l'immense joie de notre vie.

*

Dieu que j'ai pleuré leur immense amour.

Leur ultime mariage.

Plus tard, avec Âdi, nous avons couru les consulats français pour avoir des nouvelles de mes parents, passé un temps fou sur Internet, téléphoné des heures et des heures en France. Mairies, journaux locaux, gendarmerie. Nous avons attendu des siècles. Et puis un jour, à l'hôtel de ville du Touquet, une dame (soyez bénie) nous a contactés. Elle se souvenait d'un vieil homme qu'une jeune femme avait découvert sur la plage, dix ans plus tôt, un soir de bal. Il n'avait jamais été identifié. On avait fini par lui donner le nom de *Monsieur Rose* parce qu'avant de mourir, à l'institut Calot-Hélio de Berck-sur-Mer, il n'avait prononcé qu'un seul mot, toujours le même. Rose. Une litanie d'amour.

J'avais longtemps pleuré. Pleuré les roses de mes parents, pleuré les Damas, les Enfants d'Orléans, les Maréchal Davoust de mon enfance. Pleuré le beau prénom de ma mère. Et puis Âdi mon abri, Âdi ma joie m'avait serrée dans ses bras puissants et murmuré : Viens.

*

Nous sommes arrivés en France début juin. Nous avons retrouvé la trace de ma mère à l'institut médico-légal de Lens où un corps, repéré par deux gamins sur une plage à Wissant, dix auparavant, avait été autopsié. Noyade. On me montra une étonnante image de son visage, reconstitué par ordinateur. C'était elle.

Elle avait été enterrée dans la fosse commune du cimetière Est, à Sallaumines. Là, sur cette tombe sans nom, j'avais fait la promesse de la ramener au Touquet, la ramener auprès de lui ; et puisque « […] on n'a jamais fait/Un cercueil à deux places[1] », de faire graver leurs deux prénoms en les attachant, en les liant, pour qu'ils n'en forment qu'un.

Après Lens, nous arrivons au Touquet.

Ce matin, la pluie menace. Sur la digue, les enfants râlent, les mères ont prévu les cirés. La plage est clairsemée et grise.

Boulevard de la Canche, le gardien nous indique l'emplacement de la tombe de M. Rose. Lorsque nous y arrivons, une femme est assise sur la pierre tombale, sur laquelle je reconnais une Eugénie Guinoisseau – qui tire sur le mauve.

La femme tient un livre qu'elle lit à voix basse, lentement ; comme on offre des mots dans un hôpital à quelqu'un dans un coma, au cas où il entendrait encore.

Au cas où il vivrait encore.

Je suis bouleversée lorsque je lui demande si elle connaît ce… Monsieur Rose. Elle me sourit. Elle me répond que oui. Que non. Qu'en fait.

---

1. *Pour ne pas vivre seul*, chanté par Dalida, paroles Balasko/Faure.

Rose

Alors je m'assieds à côté de cette femme, et après lui avoir raconté l'histoire de Pierre et de Rose, elle me raconte à son tour, celle, précieuse et rare, des derniers heures de mon père.

Claude et Odette F. étaient âgés de quatre-ving-quatre et quatre-vingt-un ans. Ils ont été retrouvés par leur femme de ménage, au quatrième étage d'un immeuble cossu du VIIe arrondissement parisien. Ils sont morts ensemble.

Le coiffeur d'Odette déclara plus tard : « Quand on voyait l'un, on voyait l'autre. »

Bernard et Georgette C. avaient tous les deux quatre-vingt-six ans quand ils furent découverts sans vie dans une chambre du Lutetia, à Paris. Après une dernière nuit à deux.

Philémon et Baucis (il y a un peu plus longtemps) exprimèrent, aux dieux qui voulaient récompenser leur gentillesse, leur désir de mourir ensemble. Lorsqu'ils arrivèrent au terme de leur vie, chacun s'aperçut que l'autre se couvrait de feuilles. Puis commençait à être entouré d'une écorce. Ils furent alors transformés, l'un en chêne, l'autre en tilleul. Mais l'arbre n'avait qu'un seul tronc. Ils seraient liés pour toujours.

Enfin, un petit peu plus loin de nous encore, probablement vers 3800 avant Jésus-Christ (selon la datation au carbone 14), dans la grotte de Diros – dans le Péloponnèse –, une jeune femme et un jeune homme s'enlacèrent tendrement. On retrouva leurs squelettes, toujours enlacés, cinq mille huit cent treize ans plus tard. En juillet 2013.

REMERCIEMENTS

Une Immortelle pour Karina Hocine.
Une Lychnis pour Laurent Laffont.
Un Bleuet pour Emmanuelle Allibert.
Un Œillet de Poète pour Anne Pidoux.
Une Lobélie pour Eva Bredin et
Mariagrazia Mazzitelli (une chacune).
Et une Pimprenelle, enfin, pour Dana.

CET OUVRAGE A ÉTÉ COMPOSÉ
PAR NORD COMPO
ET ACHEVÉ D'IMPRIMER PAR MARQUIS IMPRIMEUR
POUR LE COMPTE DES ÉDITIONS J.-C. LATTÈS
17, RUE JACOB — 75006 PARIS
EN AVRIL 2015

N° d'édition : 02
N° d'impression :
Dépôt légal : mai 2015
Imprimé au Canada